LE PETIT CHAPERON JAUNE

JEAN-PIERRE BEL

LE PETIT CHAPERON JAUNE

roman

BOOKS ON DEMAND

Editeur : BoD – Books on Demand, 12/14 rond-point des Champs-Elysées, 75008 Paris

Impression : BoD – Books on Demand, Norderstedt, Allemagne

ISBN : 9782322014743

Dépôt légal : février 2015

A celle qui occupe toutes mes pensées

1

Julien et moi enseignons dans le même collège. Cela fait seulement un an que nous nous connaissons, depuis son arrivée après un long séjour à l'étranger, où il a exercé dans divers lycées français. Sans trop me tromper, je crois être la seule personne avec laquelle il entretient un minimum de relation dans l'établissement. Au fil des mois, je suis devenu pour lui un confident, à défaut d'être un ami, ce dont je ne lui fait aucunement grief. Je l'apprécie pour son côté taiseux qui se manifeste par une écoute distraite des murmures venant de la salle des professeurs. Il préfère s'isoler pour garder ce qu'il appelle une distance de sécurité, tout en conservant un minimum de contact visuel. Il évite, du moins il limite les tentatives de prise de contact avec les autres membres de la communauté. Néanmoins, il ne se dérobe pas à leurs diverses demandes quand l'intérêt pédagogique est en jeu, avec toujours la peur d'une dérive vers des conversations extrascolaires. Tout ce que je peux relater à son sujet provient de mes observations et bien sûr de ce qu'il a daigné me dire, distillant au compte-goutte anecdotes et indications. La plupart du temps, il a fallu de la patience pour les lui arracher. Car le moins que l'on puisse dire, c'est que Julien détonne dans le cadre de notre petite structure éducative.

En effet, il préserve jalousement son indépendance et des collègues s'étonnent de cette manie du secret. Certains ne peuvent s'empêcher de s'interroger sur cette discrétion excessive, douteuse pour être honnête. On peut comprendre que le nouvel arrivant ne soit pas très disert sur sa vie person-nelle pendant les premiers mois. Que depuis sa deuxième rentrée il n'y ait pas de changement frise l'inconcevable. Pour eux, Julien est la figure même de l'original qui ne souhaite pas s'intégrer. La preuve, il ne vient jamais aux soirées de l'amicale, prétextant la contrainte de la distance jusqu'à son domicile. Lors de ces agapes, un peu grisés par les vapeurs d'alcool, quelques fiers-à-bras jouent les perspicaces et profitent de son absence pour avancer des hypothèses, même les plus farfelues, sur son manque d'adhésion. Aussi, après avoir écouté ces fadaises, je me sens obligé de les freiner et de tempérer leurs ardeurs en rappelant des évidences. On ne peut pas lui reprocher d'être impoli et de faire son service à minima. De plus, il ne refuse pas les projets et il s'investit dans la politique éducative, ce que l'on ne peut pas dire de tout le monde au collège. Quant au reste, cela ne nous regarde pas et chacun oriente sa vie selon sa volonté. En prenant un exemple, dire d'un élève qu'il est timide, et devrait davantage s'investir à l'oral, est une ritournelle que je condamne très fermement. D'accord pour l'exprimer dans le tour de table au sein d'un conseil de classe. En revanche, l'écrire sur le bulletin constitue une hérésie. Laissons le caractère évoluer selon les envies et la personnalité des individus. J'insiste auprès d'eux pour que la même chose s'applique à Julien.

Lors des repas à la cantine, le voir s'immiscer dans une discussion, surtout quand elle est déjà en cours, relève de l'exploit. La plupart du temps, je le devine plongé dans ses pensées, souriant ou opinant du chef, à l'occasion, afin de montrer qu'il suit les propos. Je ne pense pas que cela soit du mépris vis-à-vis des autres collègues. Il profite seulement de sa pause pour cogiter et rester dans sa bulle, comme il le fait également pendant les récréations. Il cherche simplement à se faire oublier, au point parfois de ne pas quitter sa classe. « Olivier, je veux être transparent », se plait-il à me lancer quand j'insiste pour qu'il sorte de sa réserve vis-à-vis des autres professeurs. Sévère dans ses jugements, il fustige ceux qui jouent des coudes pour se mettre en avant, ceux qui parlent fort pour être entendu de tous, ceux qui squattent les buffets et expédient les amuse-gueules en un tour de main. Ceux dans lesquels il ne se reconnaît pas du tout. Après ce genre de tirade, on comprend que Julien réprouve les engagements publics, évitant ainsi la rencontre avec de tristes sires. C'est la raison pour laquelle il s'est détourné du syndicalisme, avec le souhait de conserver son autonomie. Je ne lui connais pas d'engagement politique, bien qu'il se soit fortement impliqué dans un parti, il y a une vingtaine d'années, sans citer son nom. Ayant obtenu un poste à responsabilité, il avait œuvré dans l'ombre, en étant proche des militants. Au final, il a tout abandonné afin de ne pas dévier de ses convictions. Il a gardé de cette expérience une grande méfiance pour la politique, trop dévoyée à son goût par des hommes à l'ambition personnelle démesurée, intéressés essentiellement par la culture de leur égo, aux antipodes de leurs missions.

Cette première esquisse du personnage pourrait laisser penser que Julien s'est trompé de métier en devenant enseignant, profession basée sur le contact humain. Pourquoi rester dans l'éducation nationale, au risque de déchanter ? Sur ce point, son discours est très clair. Les élèves demeurent sa priorité majeure. Avec eux, c'est effectivement un autre personnage. Je ne suis pas le seul à avoir observé la transformation qui s'opère à partir du moment où il discute avec eux. Les yeux brillent davantage et le sourire devient presque naturel. Il évolue dans son élément et maîtrise ce qui fait sa force : une réelle écoute des adolescents, de leur doléances, grâce à un savoir-faire accumulé depuis plusieurs années. Avec les jeunes, il retrouve l'envie de parler et enseigner semble le passionner. Dans ses phases de doute, les élèves constituent une thérapie dont il se nourrit avec avidité en profitant de leur enthousiasme. Cette jeunesse lui fait du bien. Elle l'aide à supporter le monde extérieur, celui qu'il côtoie en dehors de l'espace classe. Julien m'avoue avec malice s'essayer avec succès à l'humour, pour le plus grand plaisir des enfants. Selon ses dires, un cours doit être vivant pour captiver tous les collégiens et leur donner l'envie de venir en classe avec plaisir. Le caractère de l'enseignant, essentiellement son charisme, contribue au bon climat scolaire avec, en corollaire, une influence positive pour la réussite scolaire. Quand je repense à ce prêche, j'admire sa profonde certitude.

Je me dis que si tous les professeurs avaient cette approche et ce dynamisme, l'image de l'institution changerait certainement. En tout cas, cette vision des choses concorde avec ma propre opinion, confortant la profonde sympathie que je lui porte. Il me raconte quelques moments mémorables à l'occasion de sorties scolaires avec des collégiens, au ski ou en raquettes, ainsi que des soirées endiablées lors des bals célébrant la fin du bac. Cette tradition a cours dans les établissements français implantés à l'étranger. En présence des bacheliers dont il a parfois suivi et accompagné le parcours, il adopte une grande décontraction, rompant avec sa retenue habituelle. L'année étant terminée, il peut se laisser aller et les admirer avec satisfaction. Le cadre convivial et l'ambiance joyeuse contribuent au relâchement de sa garde. Il apprécie les toilettes des unes, spécialement achetées pour l'événement, les costumes bien ajustés des autres. Avec certains anciens élèves, il entretient encore un contact épistolaire, qui débouche chaque été sur une réunion autour d'un barbecue, à prendre des nouvelles d'un peu tout le monde. Il rencontre les conjoints, les enfants. Il assiste même à des mariages ! J'ai vraiment du mal à croire que cet homme si réservé puisse prendre part à de tels cérémonials.

Pour être juste, Julien me confie de temps à autre son angoisse de voir le manque d'ambition et de motivation des nouvelles générations. Il regrette la recherche de la facilité, la perte de fraîcheur pour les apprentissages, l'irrésistible montée de l'impertinence. Lorsqu'il lui arrive de se remémorer ses tous premiers pas dans l'enseignement, il mesure le changement intervenu. La nostalgie revient au galop, il retrouve soudain un air sombre, désabusé, hanté par le souvenir d'une époque révolue.

*

Afin de ne pas travestir la vérité, je me dois d'avouer ma perplexité devant la complexité de sa psychologie. Si le trait principal se caractérise par un repli intérieur prononcé, et non dissimulé, il est capable d'un seul coup de partir dans de grandes envolées, pour peu que le sujet comporte une dimension exceptionnelle. J'en veux pour démonstration l'attentat contre *Charlie Hebdo*. Il a été profondément marqué, au point de se lancer un jour dans une violente diatribe antiterroriste. Les collègues en sont restés estomaqués. Ils ont eu l'impression qu'un volcan s'était brutalement réveillé et avait craché abondamment son ire sur la déshumanisation de la société. La cruauté des hommes le sidérait et ébranlait les bases de son humanisme, auquel il est viscéralement attaché. Il a crié sa révolte jusqu'à en avoir les larmes aux yeux. C'est la seule et unique fois où je l'ai vu sortir de ses gonds, faisant fi de son flegme légendaire. L'assassinat des dessinateurs qui avaient accompagné une partie de son adolescence a été une violente gifle. Selon lui, cet acte odieux ajoute une couche supplémentaire à la longue liste du mille-feuille des infamies causées par l'homme. Ses doutes sur le genre humain ont été encore renforcés, entretenant le désamour porté à ses semblables. Pendant quelques jours, il a gardé un mutisme qui en disait long sur son état d'abattement.

Je l'imagine tenter de retrouver le moral grâce à la présence réconfortante de ses deux chats. Abandonnés à la naissance, il a consacré beaucoup d'énergie pour les sauver. Depuis, il les considère comme des membres à part entière de sa famille. Ils contribuent à une bénéfique baisse de la tension dans les moments de stress. Julien ne se lasse pas de les caresser, tout en écoutant leur doux ronronnement, ce petit moteur bien réglé, un bruit rassurant. Quand il parle de ses bestioles, ses yeux pétillent. Je veux bien croire que ces moments intimistes calment ses noirs points de vue.

Dans le même temps, sa haine des grandes injustices a fait gagner à sa cause le cercle des professeurs les plus engagés sur les questions de la lutte contre les inégalités. Ils lui accordent leur bienveillance car ses piques occasionnelles, pointant du doigt les dérives de la société, font souvent mouche. Rares, elles retiennent davantage l'attention et assurent à Julien l'estime d'une fraction de la communauté. Cet être introverti possède quand même une once de sensibilité, certes exprimée avec parcimonie, mais qui estompe les éléments jugés trop négatifs de sa personne. On lui pardonne un peu sa différence, sans toutefois réellement l'accepter.

2

Julien demeure un mystère. En dehors du collège, je ne sais pratiquement rien de sa vie personnelle. Il cultive le secret, y compris avec moi, qui pourtant présente des gages de discrétion. Quelques éléments arrivent tant bien que mal à filtrer, comme le fait qu'il est marié et a un fils assez jeune. Il ne me pose jamais de questions sur ma situation familiale, par pudeur sans doute. Je penche plutôt pour ne pas avoir l'air d'apparaître trop inquisiteur. En un sens, il ne m'impose pas un interrogatoire qu'il ne souhaiterait pas lui-même subir. Sur ce point, il est logique avec ses idées et il préfère que les informations viennent spontanément de moi. Quand il arrive que j'évoque des points relatifs à ma vie, je remarque qu'il ne feint pas de m'écouter et il semble apprécier sincèrement ma conversation. Il garde en mémoire mes paroles, ce que j'ai eu l'occasion de vérifier à maintes reprises.

En général, j'ai du mal à décrire les gens, et brosser

même succinctement un portrait relève de la gageure. Avec Julien, j'ai peur de ne pas éviter des maladresses en voulant à tout prix mettre un visage sur le prénom d'un individu aussi peu conformiste. Pourtant, même si je suis peu rompu à ce type d'exercice, je tente de présenter quelques traits physiques, avec l'indulgence que cela demande. Il serait le premier à me dire de ne pas insister sur un aspect qui ne vaut pas la peine que l'on s'attarde dessus. Néanmoins, je tiens à signaler sa stature longiligne, avec un corps robuste entretenu par une pratique régulière du sport. Je jalouse l'absence d'un ventre distendu et salue au contraire le gainage abdominal que l'on devine sous ses chemises. A mon avis, c'est la seule partie de son corps à qui il prête une attention, le reste lui importe peu. Avec sa démarche sportive, il glisse dans les couloirs du collège à grande vitesse, moyen efficace d'éviter toute rencontre fâcheuse. Quant à ses tempes grisonnantes, elles ne laissent pas de doute sur son âge. Je l'avais estimé dans la deuxième partie de la quarantaine, lors de notre première rencontre. J'ai eu confirmation de la véracité de mon jugement en tombant par inadvertance sur son année de naissance, après avoir reçu dans mon casier de la salle des professeurs, des papiers qui lui étaient destinés. Sur le moment, j'ai été très troublé d'entrer sans autorisation dans sa sphère intime, mais par chance le contenu des documents n'était pas confidentiel.

Un autre point mérite à mon sens une attention : il s'agit de sa tenue vestimentaire, pour laquelle il suit de manière pointilleuse un strict code depuis qu'il est professeur. Il ne déroge jamais à celui-ci. De mémoire, je ne pense pas l'avoir vu habillé autrement qu'en pantalon de ville, souliers cirés, chemise à manches courtes ou longues selon les saisons. En hiver, il ne s'offre pas le luxe d'un pull, même pendant les périodes de grand froid. Une veste chaude suffit à garantir sa protection contre les frimas, veste qu'il retire dans l'enceinte surchauffée du collège. Néanmoins, il s'abstient de porter la cravate pour aller en cours, conservant cet attribut pour des occasions spécialement choisies, autrement dit en dehors du contexte scolaire. Cette apparente coquetterie ne doit pas laisser penser que le soin de sa personne l'obsède. S'il s'impose cette ligne de conduite, c'est par respect envers son public. Il va de soi qu'il détonne au collège où la décontraction l'emporte. Une fois, il a grommelé discrètement à mon oreille envers des jeunes collègues chez qui on ne faisait pas de différence entre leurs habits, ainsi que leurs chaussures, et ceux des élèves. Ce jour-là, j'ai piqué un fard en sachant qu'il avait remarqué mon jean. Loin de m'en tenir rigueur, un coup de coude et un clin d'œil complice avaient vite fait de me rassurer sur ses intentions. Ces petits gestes anodins ont renforcé mon attachement pour cet être étrange, une sorte d'extra-terrestre perdu sur une planète inconnue, sans espoir de retour dans son monde d'origine, et qui s'adapte tant bien que mal à son environnement.

*

Julien a portant succombé aux charmes de notre planète, faisant fi de ses dangers pour ne regarder que ses atouts. Il m'a confié sa passion pour les voyages, c'est-à-dire à sa manière, par bribes successives, à force de lui tirer les vers du nez. Mis bout à bout, les faits glanés éclairent un incroyable cheminement sur les routes du monde, commencé depuis son adolescence. J'ai compris que cet appétit de voyage formait le fil conducteur de son existence, son oxygène pour tenir entre deux périodes de vacances, un besoin vital. Il m'informe que les villégiatures et les séjours touristiques constituent les ressorts d'une vie vouée depuis des décennies à jouir sans se priver des beautés terrestres. Ces dernières donnent un sens à sa vie et forment une puissante motivation afin de supporter les éternels aléas quotidiens qui compliquent le cours naturel des choses.

Ainsi, il a profité de sa carrière d'enseignant pour se construire un impressionnant ensemble de souvenirs issus des cinq continents. En poste dans différents pays, il rayonnait à partir de chacun à la découverte des peuples et des paysages. Au total, j'estime qu'il a passé plus du tiers de sa vie en dehors de la France, essentiellement dans des pays d'Afrique et du Proche-Orient. En multipliant les expériences professionnelles outre-mer, il a eu l'opportunité de fouler de larges régions, visitant aussi bien les contrées inscrites dans les catalogues des tour-opérateurs, que les territoires plus en marge, désertés par les hordes de touristes. Ce sont ces derniers qui stimulent son appétit du voyage, ceux qui procurent les véritables sensations de liberté. Prendre une compagnie aérienne inscrite sur la liste noire ne lui pose pas de problème et il ne comprend pas que l'on s'offusque de son irresponsabilité. C'est sa vie qu'il met en danger, pas celle des autres. De toute façon, il déteste les vacances balnéaires, cette forme de tourisme aseptisé où il s'agit de rester scotché sur une plage des journées entières, à la manière des éléphants de mer. Cela provoque son incompréhension et constitue une aberration engendrant une perte de temps, sans oublier un bénéfice mineur pour vraiment se reposer. En plus, il insiste sur les effets néfastes du soleil, devenant le pourfendeur du tourisme de masse accusé de contribuer à détériorer la santé des gens, en plus de détruire l'environnement.

Interrogé parfois sur ses souvenirs passés, il prend un malin plaisir à perturber les personnes délicates en choisissant les plus étonnants. Il égrène des anecdotes savoureuses sur ses conditions de voyage. Ainsi, il a été marqué par son séjour en solo au Yémen, avec une grande frayeur à la clé, l'unique moment où il s'est senti en danger dans tous ses périples. Parti pour découvrir la montagne à une quarantaine de kilomètres de Sanaa, il s'était retrouvé dans l'obligation de faire appel à des habitants, seuls habilités à transporter des voyageurs au sommet. La montée s'est faite sur une piste étroite et sinueuse, avec des pentes à forte inclinaison. Pas de parapet de protection pour prévenir une chute vertigineuse vers un abime sans fond. Le 4x4 Toyota hors d'âge a peiné, mais ses pneus usés jusqu'à la ferraille sont parvenus tant bien que mal à remplir leur fonction. Julien a eu le sentiment de frôler la mort à chaque virage, d'autant plus que le jeune conducteur le dévisageait sans cesse, une boule de qat dans sa bouche déformant sa joue droite, tel un énorme kyste. L'adolescent arborait un jambiya disproportionné, avec un manche réalisé en corne. Il semblait insensible à l'effroi de son passager face à sa conduite décontractée, tapotant négligemment la kalachnikov posée à ses côtés. Le rustique fondouk à l'arrivée fut une délivrance, en dépit de l'absence de douche et d'une literie se résumant à une natte dans une pièce commune. Lors de la descente, il a refusé les services des autochtones, expliquant avec forces gestes qu'il voulait prendre des photos du magnifique panorama montagnard. Ces dix kilomètres de marche sont restés gravés dans sa mémoire et certains des clichés réalisés rendent compte du sublime paysage minéral. C'était le temps des photos argentiques, dont l'attente du développement contribuait à prolonger la magie du voyage après le retour.

De manière moins poétique, je me rappelle aussi d'une description en cours de repas, seul moment où on peut le coincer pour discuter, sur la manière de gérer des touristas terribles survenues en Inde et à Madagascar. Sans compter une grosse intoxication alimentaire l'ayant laissé sur le flanc pendant plusieurs jours en Ethiopie, dans un petit hôtel de passe d'Addis-Abeba. L'évocation de ce lieu a produit son effet sur toutes les personnes présentes, notamment la gente féminine. Pendant que Julien prenait son air détaché en mastiquant les aliments, les visages autour de la table avaient exprimé une totale surprise et un silence embarrassant s'était installé, interrompu par le seul bruit des couverts. En mon for intérieur, je jubilais de voir leurs figures, même si j'aurais aimé qu'il me confie ce type de précision dans un moment plus convivial, lors de nos tête-à-tête, et non lancé à la cantonade dans le but d'effaroucher les puritains. Je crois que pour tous les témoins de cette scène, une brusque salve de détails croustillants aurait jeté un froid et je guettais la prochaine saillie. Elle ne vint pas. Julien en avait déjà trop dit, ayant épuisé son temps de parole. Je crois que sa volonté d'éviter la controverse l'avait emporté afin de préserver la bonne harmonie dans l'établissement. Chacun pouvait échafauder à loisir une hypothèse sur la raison de sa présence dans un endroit malfamé.

Ce genre de provocation s'étant répété, les collègues prirent l'habitude de ses frasques verbales. Avec leurs questions, ils ne se doutaient pas qu'ils entretenaient l'envie de Julien de les déstabiliser afin qu'ils le laissent tranquille. Quelques-uns se demandent comment s'opère la métamorphose d'un homme méticuleux, propre sur lui, voire un peu maniaque de l'hygiène avec son savon liquide toujours à portée de main, en un routard quelconque. C'est pourquoi, ils le rangent dans la catégorie des marginaux, ceux qui défient les conventions et le rythme bien réglé du commun des mortels. Un aventurier qui dépense sans compter son argent pour des futilités, au lieu de s'acheter une maison et de se stabiliser. En cela, ils ne comprennent pas cet esprit nomade qui n'apprécie pas la routine, qui ne cherche pas à se fixer, se détournant des conventions, avec sûrement en arrière-plan l'angoisse de ronronner et de s'encroûter, de devenir prisonnier d'une ville, d'un établissement scolaire. Pourtant, derrière l'ambivalence de leurs sentiments à son regard, je soupçonne beaucoup d'entre eux de l'admirer secrètement, car il ose sortir du carcan imposé par les exigences sociales. Il les fait suffisamment rêver pour que ses auditeurs les plus attentifs s'imaginent, un court instant, en train d'arpenter le monde dans les mêmes conditions, au contact des réalités locales.

A la question de savoir pourquoi il avait fait de la planète son horizon, il n'a jamais éludé cette ingérence dans ses choix de vie. Mais la réponse a été cinglante, à l'image de beaucoup de ses répliques, dès que l'on s'approche trop près de la barrière qu'il a instaurée pour se protéger des autres, les curieux qui souhaitent égratigner sa carapace. « Je ne suis pas un grand partisan du franco-français », argumente-t-il. Dite de cette manière, sa formule ne laissait pas de doute sur le lien fort qu'il entretenait avec le reste du monde. Elle révélait aussi le peu de cas qu'il montrait pour l'hexagone, loin de ses priorités. Par conséquence, il n'a jamais posé ses valises en Bretagne, ni même en Corse et en Alsace ! Avoir visité tant de pays en ayant omis certaines régions françaises emblématiques choque un peu les amoureux des terroirs nationaux. Cela lui vaut les froncements de sourcils de la part des adeptes de ces lieux. Je ne le sens pas contrit pas sa révélation. Il aime rencontrer les populations étrangères, les voir vivre, les aborder tout en se frottant à la barrière de la langue. Cela engendre d'inoubliables situations, parfois frustrantes, le plus souvent cocasses.

Un autre point a également de l'importance pour Julien : la cuisine. Quoi de plus agréable que de parcourir les rues animées où se bousculent les gens à l'heure du déjeuner. L'air s'emplit de saveurs variées en fonction des étals installés le long des trottoirs : le nez en éveil, il est en mesure de reconnaître l'odeur chaude du banku à Accra, celle de la coriandre dans les soupes de Vientiane, celle des falafels de Beyrouth ou d'un dhal poori à Dehli. Assis au milieu des gens, dans des gargotes dont l'hygiène douteuse ferait hésiter les plus endurcis voyageurs, il y a moyen d'être en communion avec les habitants à travers la simplicité d'un repas. Julien se fond dans la masse et adopte par mimétisme les usages régionaux avec, selon les endroits, l'emploi des cuillers ou des baguettes, et parfois les doigts. Chez les uns, le bol est de rigueur, tandis que pour d'autres une assiette ou une simple feuille de bananier regroupe les aliments. Ces coutumes font la richesse culturelle des hommes et les scènes de rue participent au théâtre de la vie. Il aime ces moments intenses. Avec l'uniformisation en marche des modes de consommation, elles risquent de disparaître et déjà l'intrusion des marques occidentales de fast-food modifie le paysage urbain traditionnel des pays du Sud. L'arrivée de ces géants écrase les traditions culinaires locales et détourne les populations de leur histoire. Julien est révulsé par ce sacrilège qui bafoue l'identité même des individus. Depuis toujours, s'il ramène de ses aventures quelques souvenirs, notamment des objets de décoration, il s'ingénie à ne pas oublier des produits alimentaires. Fan de miel, il trouve toujours une place dans son sac pour un pot ou deux. D'ailleurs, il a fait rire les collègues lors de sa première rentrée au collège lorsqu'il a sorti à la cantine un moulin à poivre de son sac. Il l'alimente de grains venant de Kampot depuis un séjour au Cambodge dont il garde de la nostalgie. Il peut assouvir ses besoins de plats épicés.

Il est comme cela Julien : il rêve de métissage. Il n'apprécie pas ce qui est fade dans l'alimentation, ainsi que dans les relations humaines. Il préfère ne pas avoir d'amis, ou peu, plutôt que de subir la superficialité de prétendues rencontres amicales stériles pouvant déboucher parfois sur des joutes oratoires en cours de soirée. Il exècre ce rapport de force où certains gais lurons poussent le bouchon trop loin, quitte à bafouer les lois de l'amitié pour valoriser leur répartie. Il en a passé des soirées à écouter des fanfarons jouer les coqs et casser l'ambiance joyeuse. Julien a décidé d'être seul, et cela ne le traumatise pas. Progressivement, il a effectué un tri dans ses relations, réduites à peau de chagrin après le passage dans un impitoyable filtre ayant permis d'éliminer les indésirables, afin de ne retenir que ceux dont l'amitié était sincère et désintéressée. Connaissant maintenant mieux le personnage, on peut penser que le cercle de ses intimes doit se résumer à un nombre restreint de personnes. C'est le cas, sans toutefois imaginer à quel point ce cénacle atteint une portion si congrue. Je ne me trompe pas en avançant qu'il n'a qu'un seul ami, un vrai, sur qui il peut compter, au point de l'intégrer au sein de la famille, un frère. A chaque fois qu'il m'en parle, je sens dans sa voix émue le souvenir poignant des quatre cents coups réalisés avec lui dans une jeunesse que je suspecte d'avoir été très folle. Je me suis gardé de demander des précisions, avec la crainte de voir resurgir les fantômes d'un passé houleux. Je sais seulement qu'il regrette de ne pas le voir assez souvent depuis l'installation de ce dernier dans l'océan Indien. Leurs rencontres sont devenues espacées et les contacts téléphoniques ne comblent pas l'absence du face à face. Julien croit qu'il n'est plus digne de cette grande et profonde amitié. Devant ma stupeur, il justifie cette assertion par son manque d'implication pour l'entretenir à un haut niveau d'exigence. Cela le mortifie.

En le quittant ce jour-là, je me rends compte qu'il n'a aucune vie sociale en dehors du collège. Sachant que dans celui-ci elle se résume uniquement à moi, je conclus qu'il vit dans un désert social et affectif dont je n'avais pas encore pris la pleine mesure. A l'instar de ses voyages, c'est en solitaire qu'il chemine dans l'existence depuis des années. Cette situation ne semble pas l'affecter, puisqu'elle émane en partie d'une décision personnelle. Point de souffrance apparente dans l'intonation de ses propos. Un certain détachement se devine, je dirais une forme de fatalisme qu'il ne cherche pas à combattre, s'accommodant stoïquement des événements rythmant le cours de sa vie.

Dans le même ordre d'idée, alors que lui demandais ce qu'il avait pensé du match de l'équipe de France de football, j'apprends avec stupéfaction qu'il ne possède pas la télévision, à l'heure de la course à la plus grande longueur d'écran plat. En réalité, cet aveu est un non-événement, dans la droite ligne de sa pensée. Déçu par les programmes et la piètre qualité du traitement de l'information, il préfère se réfugier dans l'utilisation raisonnée de son ordinateur afin de sélectionner avec soin ses émissions préférées pour les visionner en streaming, selon ses envies. De la sorte, il évite la pollution publicitaire, du moins il limite son impact, et se protège de l'envoutement exercé par le petit écran, s'affranchissant ainsi du geste machinal d'allumer le poste uniquement pour créer un bruit de fond dans une premier temps, et passer ensuite des heures inutiles sur le canapé. Je ne m'amuse pas à lui demander le nom d'animateurs en vogue, il en est resté à Michel Drucker et à Nagui. Pour le voir en colère, il suffit de le taquiner sur la télé réalité, symbole flagrant de la décrépitude de la société. Pour tout dire, la radio et la lecture concourent à lui apporter des moments de détente. De même, au niveau des loisirs, il affectionne la marche pour les temps de méditation qu'elle occasionne. Il peut ruminer une foule d'idées, tout en guettant de l'œil l'apparition d'un animal ou la présence d'une fleur. C'est lors de ces instants paisibles que prennent forme ses grandes décisions, tournées dans tous les sens, analysées avec soin avant une validation définitive. Mettant à profit ses moments de solitude, il se définit comme un penseur invétéré, triturant dans tous les sens les idées qui le démangent.

En décalage avec ses contemporains, Julien me fait penser à une personne égarée, condamnée à vivre dans un endroit et à une époque qu'elle n'a pas choisie. Pour se protéger des éléments jugés agressifs, parmi lesquels il range en premier lieu le mode de vie urbain, il se recroqueville sur lui-même, s'isole dans une coquille dont il sort uniquement quand cela devient nécessaire, c'est-à-dire le plus souvent s'il n'a pas le choix. Aller au travail fait de plus en plus partie de ces contraintes qui l'oppressent. Il ne revit que lors des instants d'évasion, par exemple en visionnant un reportage animalier ou relatif à une contrée lointaine. 50 minutes de paix. Car le monde est la patrie dont il se sent citoyen, l'endroit où il peut enfin s'ouvrir, et sortir de l'univers étriqué marqué par la monotonie blafarde qui constitue le rituel de ses journées. Il oublie alors les affres du temps qui passe. C'est ce qu'il confie à Olivier, pantois, sans lui livrer la teneur de son moi profond.

3

Julien part en Chine pendant les vacances de Noël. La nouvelle s'est répandue comme une trainée de poudre et je suis le dernier averti. Passé l'étonnement de n'avoir pas été prévenu avant tout le monde, j'ai compris qu'il n'avait pas transgressé ses principes en se confiant de manière spontanée au premier venu. Il a tout simplement répondu à la question anodine d'une enseignante sur ses projets de fin d'année. Poli et non dissimulateur, il a désigné la Chine avec une grande ingénuité. A deux jours de la sortie des classes, sans cet échange impromptu, personne n'aurait rien su de ses intentions. Éventuellement au retour des congés, si une âme charitable s'était peut-être intéressée du bon déroulement de ses vacances. Sa manie de tout garder pour lui ! Il ne veut en rien importuner les collègues, ou être perçu comme trop prétentieux avec ses voyages, toujours ses voyages. Le fait qu'il ne se fonde pas dans le moule collectif suscitera à tout instant des réactions négatives, tant qu'il exercera dans l'établissement. On l'accepte, on le tolère surtout, mais pour beaucoup il ne fera jamais partie intégrante de la grande famille du collège. Je me doute que ce n'est pas l'objectif de Julien, et cela les collègues en sont aussi persuadés. Cela les fait encore plus rager. C'est probablement la raison qui les a détournés de prendre davantage de renseignements sur son futur périple. Il retourne à son anonymat.

Ce voyage inattendu me titille et, par fidélité aux liens qui nous unis, je ne participe pas à l'ostracisme. Je suis avide d'en savoir plus, car partir en Chine à Noël m'étonne à plus d'un titre. N'étant pas très calé en géographie, puisque mon dada ce sont les équations et la géométrie dans l'espace, j'ai néanmoins souvenir d'un reportage décrivant les conditions climatiques rudes de la région de Pékin durant l'hiver. L'impression dominante se résumait à une sorte de petite Sibérie, peu agréable en cette période de l'année. Je me suis retranché derrière le premier prétexte venu pour tenter d'avoir une explication. En fait, dès le début de notre rapprochement, Julien n'a pas été dupe et il a rapidement perçu ma tendance casanière. En effet, je me contente d'un espace proche réduit, mais que je maîtrise à la perfection. En connaître les recoins principaux me rassure. Je ne veux pas aller chercher l'aventure à l'autre bout du monde alors que mes activités extrascolaires m'apportent une certaine plénitude. Je ne me lasse pas de mes deux séances hebdomadaires au club de scrabble, et je dois gérer l'agenda sportif et culturel des enfants, complet comme celui d'un ministre. Enfin, ma passion c'est le jardin. Je ne me vois pas l'abandonner, quelle que soit la saison et la raison. J'en suis très satisfait, il y a toujours plein de travaux à faire, ce qui me fait penser que j'ai le projet, maintes fois reporté, de ranger le garage. A bien réfléchir, décidément je n'imagine pas partir aussi loin à Noël, surtout avec la dépense que cela suppose. Peut-être un gain inespéré au loto me ferait changer d'avis mais, dans ce cas, c'est à l'appel de destinations ensoleillées que je répondrai, avec les Antilles en priorité. On m'a dit aussi beaucoup de bien de la Réunion. Trêve de rêverie, car les vacances ont déjà été prévues de longue date par ma femme. Sans surprise, c'est dans ma belle-famille que nous irons réveillonner, comme chaque année.

*

Je me hasarde à questionner Julien sur les interrogations qui me taraudent l'esprit. Mon désir d'en savoir plus tombe à point, il a l'air d'humeur badine au moment de quitter le collège. Je dois profiter de cet instant propice pour lui extorquer des détails sur son voyage. Il ne cherche pas à esquiver mes questions, se dévoilant sobrement. J'apprécie l'absence de réflexe de défense, avec aucun signe d'énervement de sa part pendant notre entretien. C'est tellement rare qu'il se prête sans sourciller à une enquête sur un domaine farouchement préservé. Cette marque de confiance me touche et je souhaite profiter de notre bonne entente afin de mieux le sonder. Je comprends que ce départ s'inscrit dans un rite constamment répété, nécessaire à sa construction psychique. Pour ma part, j'espère seulement glaner des éléments sur les motivations, sans chercher à intellectualiser sa démarche ou sa quête personnelle. J'avoue vouloir rester sur des bases modestes en alimentant un dialogue classique entre deux personnes qui s'apprécient, je n'ose pas dire deux amis, tant le concept de l'amitié est un sujet sacré pour lui. Cependant, je ne renonce pas à l'espoir de le voir un jour me déclarer son affection. Cette décision, somme toute banale pour la plupart des gens, ne peut jaillir toute seule chez un individu rétif aux sollicitations, apeuré par les conséquences d'une telle déclaration, un être meurtri dans le passé. Je reste patient, certain que le temps jouera en ma faveur. Il est donc inutile de bousculer les choses, au risque de le blesser par une trop grande précipitation. Je savoure simplement le plaisir de l'écouter.

Pour Julien, hors de question de passer les fêtes cloîtrer à la maison et participer à l'élan consumériste ambiant. Il fustige le triptyque dinde—saumon—foie gras, et je passe sur les autres victuailles accompagnant les repas. Cette profusion de calories accumulées dans un si court laps de temps indispose ses idées. Surtout au moment où tant de déshérités assistent au spectacle des achats frénétiques réalisés par des légions de fourmis affairées à dévaliser les rayons, s'agglutinant pour avoir accès aux étals surchargés des marchands. Les gens assouvissent leurs envies en perpétuant, dans un mimétisme collectif, une des traditions les plus importantes de la société de consommation. Depuis quelques années, Julien s'est détourné de cette fête, écœuré par les orgies de nourriture, préférant éviter ceux qui font ripaille. Pourtant, son coup de fourchette légendaire me tranquillise sur son absence d'ascétisme alimentaire. C'est un bon vivant, un gourmand doublé d'un gourmet, mais dans la droite file de son caractère, c'est-à-dire mesuré en tout. Pour ne pas être englouti dans le maelström qui emporte la population vers le même mouvement, fuir cette période est devenu une priorité absolue. Se tourner vers plus de simplicité lui apporte davantage de satisfaction.

C'est de nouveau à l'étranger qu'il espère retrouver des valeurs plus conformes à ses idéaux. Il m'a plusieurs fois sorti son couplet tiers-mondiste, sans néanmoins parvenir à me faire rêver. Qui peut accepter de passer le repas de Noël à Luang Prabang, au cœur du Laos, dans un modeste restaurant sans devanture, avec un bol de nouille où trempaient quelques morceaux de poulet ? Pourtant, Julien a passé une soirée extraordinaire, attentif aux moindres éléments, imperturbable face aux petites bêtes rampantes et volantes, aux déchets de la journée regroupés dans un coin du trottoir. Tout le captivait, en particulier les rues paisibles, éloignées de l'agitation de celles d'Occident à la veille de festoyer. La vraie vie, pas un artifice ni un simulacre. Sûrement que pendant le nouvel chinois, l'effervescence populaire devait atteindre son comble, contraste saisissant de deux cultures rarement à l'unisson. Je n'ose imaginer la réaction de ma femme si je lui proposais un repas analogue, dans un lieu similaire. Je vais éviter cette référence devant elle, déjà qu'elle a une piètre opinion de ce collègue étonnant dont je lui parle de temps à autre. Elle risque de m'accuser de prendre fait et cause pour lui et d'être perméable à des idées, elle ose le dire, subversives. Elle est si traditionnelle.

Si elle savait en plus qu'il partait en Chine seul, sans sa famille, je crois qu'elle m'aurait instamment prié de renoncer à mon intérêt visible pour ce personnage, décidément en dehors de toutes les règles admises. J'admets que cette annonce m'a également interloqué, en raison de son jeune garçon, et sachant que les enfants adorent cette période de l'année, fébriles à l'idée de déballer leurs cadeaux. Cette situation me fait penser à la personne chère dont l'absence lors d'un anniversaire gâche un peu l'esprit festif de l'événement. Julien est devenu coutumier de ce genre de départs et, pour ne pas me laisser trop réfléchir sur ce qui apparaît comme une anomalie, il anticipe la question qui me brûle les lèvres. « Mon épouse ne veut plus partir et s'éloigner de la France. Elle a une mère âgée, ainsi que sa famille proche. Elle apprécie la magie de Noël, qui doit en réunir tous les membres, en premier lieu notre fils. Elle comprend mon envie de grands espaces et elle ne me retient pas. Chacun désormais fait sa vie comme il l'entend ».

*

Quoiqu'embarrassé par sa réponse, je n'ai pas cherché à aller plus loin sur le moment. J'aurais dû, tant les propos étaient chargés de sens. En fait, je n'ai pas eu la clairvoyance, surtout la rapidité d'esprit, pour réagir à chaud et tenter de les décrypter. Une fois de plus, je tente d'analyser après coup, avec mes mots et mes impressions, le tréfonds de son être. Je ne me prends pas pour un psychiatre, car même en amateur averti, mes lacunes feraient honte à la profession. Une pulsion m'oblige quand même à aller dans cette voie. Cependant, j'appréhende sa réaction à une demande directe de précisions sur son intimité. Non pas qu'il s'emporte, mais qu'il me perçoive tel un flic enquêtant avec un objectif indéterminé. Avec lui, il faut aller étape par étape, par petites touches, afin de ne pas l'effrayer. Apprivoiser sa confiance est dans mes cordes. En revanche, tenter de le domestiquer entrainera une farouche résistance, avec un rejet total et définitif des importuns.

Avec le recul, je pense pouvoir dire qu'il part poussé par un besoin viscéral de bouger, de s'occuper. Il donne l'impression de vite s'ennuyer sans un projet à mener. C'est peut-être pour cela qu'il a déménagé très souvent, changeant d'employeurs et de logement, afin d'échapper à une sorte de monotonie de l'existence. La fuite en avant est son moyen de masquer la récurrence des événements, tels les fêtes qui ponctuent l'année, les changements de saisons, les alternances vacances—périodes scolaires. L'éternel retour des choses qui prend la forme d'une spirale accélératrice du temps, et dans laquelle il a la crainte d'être propulsé vers une vieillesse imminente. L'angoisse du temps qui passe. Les affres de la solitude. Cette terreur de la déchéance physique, je pense aussi psychologique, s'accompagne de profondes remises en question. Pour défier ses démons, il s'est bâti tout un arsenal et la boulimie de voyages participe à une cure de jouvence indispensable à son bien-être. Au fond de moi, il ne fait aucun doute que ce rejet de Noël vient d'un problème lié à la petite enfance. Cette supposition trotte dans ma tête depuis le début et je suis fier de ma déduction. Cependant, même quand nos liens prendront plus tard une orientation plus solide, propice à des révélations secrètes, sa prime jeunesse et le début de l'adolescence resteront couverts d'un voile pudique, jamais entrouvert, même l'espace d'un instant.

Pour ce qui concerne le choix de la Chine, Julien ne se fait pas trop prier. Il précise son objectif essentiel : la grande muraille, ce long serpent qui épouse le relief sur des milliers de kilomètres. Il est manifestement admiratif des efforts déployés par les hommes pour tenter de montrer l'appropriation de leur gigantesque territoire. Il ambitionne de fouler cet ouvrage monumental pendant quelques heures, sur les traces des prestigieux devanciers qui ont eu la chance de le faire. Aller en Chine sans se diriger vers cette construction serait comme venir à Paris pour la première fois sans faire un détour en direction de la tour Eiffel. La muraille s'inscrit sur la liste des lieux incontournables à visiter dans le monde. Depuis ses séjours antérieurs, Julien en cumule beaucoup, dont il me livre un florilège si important que j'ai de la peine à tout retenir. La longue énumération chante à mes oreilles car je reconnais des endroits mythiques, le rêve tous les amateurs de voyage. Néanmoins, Julien n'est pas un collectionneur compulsif cherchant à tout prix à remplir un tableau de chasse, ajoutant année après année de nouveaux trophées. En effet, si les sites majeurs suscitent son intérêt, à l'instar du patrimoine culturel, comme les monuments historiques célèbres, les paysages grandioses agissent aussi tels des aimants sur ses choix touristiques. La beauté qui s'étale devant son regard agit sur ses sens, éveillés au maximum pour profiter de l'instant magique. C'est pour cela que l'émotion intervient même avec un espace plus modeste, n'ayant pas eu la chance d'être classé au patrimoine de l'Unesco : un vallon isolé, une rizière, des terrasses façonnées par l'inlassable travail des populations. Pour lui, une excursion dans un désert caillouteux très étendu constitue une expérience agréable, en dépit de l'apparente monotonie offerte. En se baissant un peu, il peut découvrir une fleur, un squelettique bouquet d'herbe, le monde miniature des animaux adaptés à un environnement difficile. Un bonheur simple, loin des foules.

C'est peu dire qu'il ne cache pas son aversion envers la massification du tourisme et ses dérives, avec des troupeaux de gens se déversant dans les endroits les plus recherchés. La quiétude des lieux s'évanouit soudainement devant ces envahisseurs du XXIe siècle, souvent peu respectueux de l'environnement. Et que dire du fond sonore qui les accompagne ? A cette évocation, Julien tremble légèrement, réaction involontaire de son corps devant la menace en marche. Cette vision négative de l'ordre des choses le bouleverse, car il sait l'impossibilité de lutter contre ce phénomène. En allant en Chine en hiver, il espère éviter ce type de rencontre, avec l'espoir qu'un puissant tropisme poussera les touristes à choisir des régions plus chaudes et ensoleillées. Pourquoi pas la zone tropicale et ses rivages enchanteurs, paradis du farniente, refuge des fidèles d'un tourisme qu'il exècre en raison de son côté trop fermé sur les réalités culturelles proches.

Intrigué par le trajet qu'il envisage de faire, avec les choix que cela suppose dans le vaste territoire chinois, je le questionne de manière anodine sur le sujet. Certain qu'il a dû passer un temps fou pour élaborer un itinéraire respectant ses priorités, je tombe des nues à l'annonce de son intention de partir dans le cadre d'un circuit organisé. C'est tout ce qu'il déteste ! Loin de sa conception habituelle du voyage et de son tempérament individualiste. Un programme imposé au jour le jour, à suivre à la lettre, je ne peux imaginer cela de sa part. Où est passé l'individu fortement épris de liberté, le baroudeur sans cesse à la recherche d'une dose d'adrénaline ? Je reste abasourdi devant cette étonnante nouvelle. Ce n'est pas le Julien que je commence à cerner ! Le mythe en prend un coup et j'attends un éclaircissement plausible sur ce revirement inattendu de sa politique en termes de voyage. Lui-même paraît embêté et il bafouille une réponse mal-habile où il ressort que le problème linguistique joue un rôle déterminant dans sa décision. Ses sources l'ont informé de l'extrême difficulté pour communiquer et se déplacer dans le court laps de temps des congés de Noël. Le même itinéraire durant l'été aurait pu s'appréhender plus facilement, en gérant les impondérables. Je trouve surprenant qu'il se soit quand même braqué sur la langue, après qu'il ait sillonné certaines routes sud-américaines sans parler l'espagnol, avec à sa disposition un dictionnaire de poche pour puiser quelques mots-clés ! Enfin, entre le chinois et l'espagnol, je veux bien croire que la différence constitue un abîme difficilement surmontable.

Ce qui m'inquiète au plus haut point, c'est la rencontre avec les autres membres inscrits dans le voyage. Comment un misanthrope tel que lui pourra intégrer une communauté disparate de personnes venant d'horizons divers ? Je n'arrive pas à l'imaginer au sein d'un groupe avec lequel il devra partager des repas, emprunter le même bus, écouter leurs souvenirs de voyages précédents, entendre fortuitement leurs remarques et surtout leurs sempiternelles jérémiades. La nourriture est répétitive, on mange du riz tous les jours ; les chinois sont sales, ils crachent souvent par terre ; la literie était trop dure, on a mal dormi. L'insatisfaction étant le propre de l'homme, Julien sait qu'il devra subir tout cela, se maîtriser afin de faire abstraction des commentaires désobligeants. C'est tout ce qui le met mal à l'aise. Pourtant, il a choisi cette formule en toute connaissance de cause. Je n'envisage pas qu'il y ait derrière cette entreprise la volonté de se tester face à des inconnus, de mesurer sa capacité à mettre en veille son côté taciturne. Je ne sais pas ce qu'il recherche réellement. A mon avis, ce type de voyage ne lui convient pas du tout et j'ai le sentiment qu'il en reviendra déçu. A vouloir forcer sa nature, il risque peut-être de se découvrir, de livrer une part de lui, s'exposant à recevoir un violent contrecoup. J'espère qu'il se méfiera. Je fais confiance dans sa capacité à se refermer aux autres, il manie cet art avec maestria.

Je ressens l'envie de lui dire d'abandonner son projet et de trouver une destination de secours, où il sera le maître d'œuvre de sa destinée. A quoi bon puisqu'il est décidé. Le dossier est déjà bouclé, un visa de l'empire du milieu collé dans son passeport, le billet d'avion sur son bureau, en compagnie des documents fournis par l'agence. Les dés étant jetés, je lui souhaite bon voyage, avec l'espoir qu'il aura des histoires savoureuses à me raconter. En le quittant lors du dernier jour de classe, je distingue dans sa poignée de main appuyée un changement dans la nature de nos relations, confirmé par un imperceptible hochement de tête et un regard dans lequel je lis une sincère volonté de resserrer nos liens. J'en éprouve une joie contenue. La prochaine année sera peut-être celle d'une belle et grande amitié.

4

Julien renoue avec son établissement au début du mois de janvier, de conserve avec les autres enseignants et les centaines de milliers d'élèves en France. La transhumance du retour en classe, moment le moins apprécié par tous. La salle des professeurs redevient un espace animé, lieu de débat et de colportage des dernières nouvelles. Les traits halés des uns contrastent avec la pâleur de ceux restés enfermés à corriger des copies ou à préparer des cours. Chacun raconte ses vacances avec force détails en cherchant à accaparer l'attention d'un large auditoire. Avec la nouvelle année, les vieilles habitudes reprennent très vite le dessus. Le brouhaha s'amplifie à mesure que les collègues arrivent. Des acclamations alternent avec des fous rires très sonores. L'ambiance témoigne de la bonne humeur générale. On critique souvent les élèves pour leurs bavardages inutiles, mais il est troublant de voir comment se comportent des adultes responsables, dans une phase de relâchement à l'amorce d'une longue période de cours.

J'aperçois Julien, au fond de la salle. Je suis soulagé de constater qu'il est de retour en ayant survécu à son épreuve. Cela n'a pas dû être si terrible et j'espère qu'il a été enchanté. J'ai comme maxime, entre autre, d'encourager les personnes à se confronter à ce qui les chiffonne en général, pour apprendre à canaliser les troubles dont nous souffrons. Appuyé négligemment contre le mur, il semble nerveux, attendant avec impatience la sonnerie de la reprise des cours. Bien qu'il soit à l'écart, l'exceptionnel taux d'occupation de la salle ne permet pas un véritable isolement, chaque mètre carré est occupé. Je me faufile vers lui afin de lui présenter mes vœux et, bien sûr, m'enquérir au moins brièvement, de son voyage. Je comprends tout de suite qu'il n'est pas d'humeur à répondre aux sollicitations. Il va être difficile de lui extirper des détails. D'ailleurs, ses réponses du bout des lèvres sont mesurées, monosyllabiques, comme pour s'économiser. Il justifie sa lassitude par son retour effectué la veille, ainsi que le besoin de récupérer du décalage horaire de sept heures dont les effets se font encore sentir. Il doit retrouver ses marques. Je ressens quand même une absence de chaleur dans nos retrouvailles, impression que j'impute au fait qu'il y a beaucoup de monde à proximité de nous, inhibant ainsi son comportement à mon égard. D'un coup, j'appréhende que les liens tissés au premier trimestre soient assez solides pour ne pas avoir à refaire tout le processus d'approche.

Un collègue farceur, connu pour sa recherche du bon mot, toujours dans le but de focaliser l'attention, interroge Julien sur ce qu'il a ramené de son séjour asiatique. Sans lui laisser le temps de placer un mot, il envoie un retentissant « du riz ! » qui a le don de déclencher l'hilarité d'un premier cercle, même chez ceux qui n'avaient pas entendu de quoi il s'agissait. Coupant court à une possible kyrielle de questions, Julien susurre une petite liste d'achats comprenant du thé, des foulards en soie, du miel, des bols et une pipe à opium, dénichée dans le quartier des antiquaires à Pékin. Pas de quoi soulever l'enthousiasme du groupe d'enseignants. Aller si loin pour ramener des babioles, c'est décevant ! Ce qu'ils ignorent, et Julien se garde bien d'en parler, c'est qu'il a réalisé une collection de photos, dont il a fait un tri rigoureux pour ne garder que les plus représentatives. L'ensemble est imprimé dans un coin de son cerveau et ne le quittera plus jusqu'à son décès. Je l'imagine se repasser de temps en temps les images de tel ou tel voyage, à l'instar d'un film que l'on regarde pour la énième fois. Une sonnerie opportune délivre Julien de cette oppression et la salle se vide dans un flux lent.

*

Depuis le jour de la rentrée de janvier, je peux compter les instants en présence de Julien. Je ne comprends pas comment nous n'arrivons plus à nous rencontrer. J'arrive à la conclusion qu'il me fuit, sensation confirmée par les autres collègues qui n'ont pas eu l'occasion de le voir depuis un long moment. Certainement que nos emplois du temps respectifs limitent les occasions de rencontre. Mais, lors de la période précédente, cela n'avait pas été un problème. Je crois que le rapprochement opéré par mes soins a du plomb dans l'aile. Cette interruption sans préavis impose une réaction. Si le corps enseignant n'affiche pas de surprise, suite au passif déjà chargé de Julien, il n'en va pas de même pour moi, désorienté et incrédule. Me serais-je fait des illusions sur notre amitié naissante ? J'emploie ce vocable à dessein, car c'est bien ce à quoi je veux aboutir. Discrètement, je décide de mener mon enquête pour avoir le fin mot de l'histoire.

Ce que je parviens péniblement à reconstituer, en regroupant les maigres renseignements picorés par-ci et par-là, me chagrine au plus haut point. Auparavant accessible et prompt à répondre aux diverses demandes, sans se départir de son tempérament renfermé, Julien est devenu dorénavant un zombie, j'utilise le terme lancé aimablement par une collègue cherchant à être perspicace. Il paraît qu'il longe les murs, prompt à déguerpir en cas d'approche de personnes non désirées. Et le comble, c'est qu'il arrive très tôt le matin et part le dernier de l'établissement. Un moyen commode de limiter au maximum les rencontres.

Au niveau de son service, irréprochable jusque-là, des signes indiquent une certaine inflexion. Des retards lors de réunions, il en même loupé deux ; les élèves estiment que les corrections des copies prennent de plus en plus de temps et son indulgence à leur égard s'est dissipée, avec aussi une moindre écoute à leurs problèmes ; le cercle de ses groupies a fondu et seules deux acharnées persistent à quémander son attention. Ce revirement visible témoigne d'une déconnexion partielle, sinon totale, avec son métier. Quand sa présence est vraiment indispensable, il daigne venir, tout en restant de marbre, ne s'autorisant plus de fécondes réflexions. Le corps est présent pendant que le cerveau est ailleurs. Je ne passe pas non plus sous silence sa désinscription de la cantine. Il se dit qu'il se contente d'un repas froid pour le déjeuner, le plus souvent un sandwich consommé seul dans sa salle de classe. Celle-ci est devenue son antre. Il n'en sort plus, cloîtré du matin au soir, s'auto-excluant des petits moments conviviaux organisés périodiquement, censés créer du lien entre les personnels : pas de galette des rois, ni de crêpes, ni les fabuleux gâteaux maison de la professeure de Français à l'occasion de son anniversaire.

Au demeurant, il ne se départit pas des règles élémentaires de civilité quand il a la malchance de rencontrer un collègue. Seulement son amabilité se réduit au strict minimum, un bonjour étouffé, un au revoir arraché et qui sort de façon à peine audible. Si son sourire commerçant a disparu, remplacé par un air grave, il est toujours habité des principes de courtoisie élémentaires et sa galanterie naturelle persiste, cassant l'image trop caricaturale d'un rustre qu'il n'est pas. Cependant, il n'a que trop peu d'occasions de mettre en pratique ses bonnes manières. Pour tous, ou presque, c'est un être cyclothymique qui entretient une réputation d'ours mal léché, entrevue dès son arrivée au collège. Des enseignants, surtout des femmes, argumentent en pointant une phase de déprime passagère, comme cela arrive chez certains individus en hiver.

Quant à moi, si je peux retenir l'idée d'un blues de la rentrée durant une ou deux semaines, à l'orée du mois de février je trouve qu'il y a moyen à s'alarmer. Je ne confie à personne mon inquiétude, de peur de susciter la réprobation habituelle. Je suis sûr que quelque chose se trame sous nos yeux, sans nous en rendre compte, emportés par l'élan et le rythme trépidant de nos journées. Emportés surtout par l'indifférence générale. Nous sommes aveugles à ceux qui nous entourent, enfermés dans nos propres problèmes. Chercher à savoir ce qui se passe autour de nous demande de la compassion. Or, les gens pensent en premier lieu à eux, comment d'ailleurs leur reprocher, avant éventuellement de jeter un regard bienveillant sur ceux qui gravitent de près ou de loin dans leur entourage. Pour une personne considérée comme normale, des collègues se seraient vite empressés d'essayer de comprendre les causes d'un tel dépérissement. Mais pour Julien, une personnalité décalée, qui snobe tout le monde, méprise ses semblables et refuse de se fondre dans le groupe, il est hors de question de lever le petit doigt ! A quoi bon s'épuiser à aider un soi-disant collègue, pour qu'ensuite il nous tourne le dos comme à son habitude. J'entends ce genre de commentaires presque tous les jours, je sais qu'ils sont largement partagés. Moi, Olivier Cazalier, professeur de mathématiques de mon état, il ne sera pas dit que je n'aurais rien fait.

Je veux savoir ce qui se passe, je suis prêt à tout entendre, si Julien veut bien parler. Rester à ne rien faire ne correspond pas à mon tempérament. On peut me reprocher de petites lâchetés et un manque de leadership. Cependant, personne ne dira que j'ai laissé tomber une personne dont la détresse évidente m'interpelle. Je prends mon courage à deux mains et je file en direction de sa salle.

*

C'est avec une certaine appréhension que je frappe à la porte. Après deux coups brefs, je décide soudain d'entrer, sans attendre de réponse. Il faut savoir par moment forcer les événements. Surtout, je tablais sur une absence de réponse. Cette méthode un peu cavalière, loin de me correspondre, porte parfois ses fruits pour briser les barrières et montrer une détermination affirmée. Je pensais le trouver en train de travailler ou de surfer sur internet. Assis à son bureau, il n'a eu aucune réaction à mon entrée, pas même un infime tressaillement de son corps. La tête posée dans ses mains, il reste prostré dans cette position. Peut-être est-il en train de dormir ou de somnoler ? C'est après avoir entendu mon salut plein de vigueur qu'il lève lentement la tête, laissant apparaître des yeux bouffis et un visage fripé. Il a visiblement du mal à émerger de sa torpeur.

— Je souhaite te parler, enchaîne Olivier, nullement démonté par la vision fantomatique. Cela fait des semaines que nos échanges ont cessé, réduits à leur plus simple expression. Tu es renfermé, pire qu'avant. On pouvait au moins te parler en décembre. Maintenant tu n'es plus du tout visible. On dirait un ermite dans sa grotte. J'ignore ce qui s'est passé pendant les vacances, mais clairement il y a un truc qui cloche. Que tu ne veuilles pas t'épancher devant les collègues, je peux le comprendre. D'ailleurs, ils se fichent pas mal de ce qui t'arrive. Mais moi, je ne pense pas mériter un tel rejet.

Débitées à grande vitesse, sans reprise de souffle, les paroles d'Olivier ne semblent pas avoir atteint leur cible. Totalement apathique, le regard de Julien indique que le flot de mots n'a pas atteint le cœur du cerveau. Probablement un problème de synapse.

— Putain, répond-moi quelque chose ! s'énerve Olivier en perdant son sang-froid. C'est peut-être ce juron qui permet d'établir enfin la communication avec l'esprit embrumé de Julien. Celui-ci semble sortir de sa léthargie. Peu habitué à utiliser ce genre de vocabulaire, Olivier se félicite de son judicieux relâchement verbal.

— Je pense au petit chaperon jaune, dit une petite voix sortie du fin fond de cette chose indolente.

N'ayant pas très bien compris cette phrase sibylline, Olivier marque un temps de surprise, se demandant s'il avait bien entendu ou si une démence soudaine était en train de prendre possession de celui qu'il considérait comme un ami.

— Je ne comprends rien à ce que tu dis. Es-tu dans ton état normal ? Tu n'as pas consommé de drogue ou de cachet ? interroge-il pour débrider une conversation qui n'avance pas.

— J'ai rencontré un petit chaperon jaune et je ne peux pas l'ôter de mon esprit, se borne à répondre Julien, avec une voix cette fois plus affirmée.

— Ecoute, je pense qu'il est préférable de reporter à

plus tard cet entretien. Le lieu et le moment sont mal choisis, proclame sur un ton sentencieux Olivier, décidé à prendre les choses au sérieux. Tu réserves ton mercredi après-midi et tu vas me raconter tout ce qui te perturbe. On se donne rendez-vous chez moi, ma femme étant absente pour emmener les enfants voir leur grand-mère. Tu ne peux pas rester comme cela indéfiniment, insiste-t-il en griffonnant l'adresse sur un bout de papier. Et surtout ne la perd pas, je t'attends pour le repas, sourit Olivier, décidé à ne pas lâcher la pression.

Julien acquiesce, silencieux comme un élève à qui on vient de donner une convocation pour le bureau du principal.

Je ne sais pas si ma main posée sur son épaule contribue à le rassurer sur la véracité de ma sympathie, mais le résultat est là, il accepte mon invitation.

— Va te passer de l'eau sur le visage avant la reprise des cours, tu as vraiment une sale tête, termine Olivier avant de refermer la porte.

5

Julien doit arriver d'un moment à l'autre. Il m'a confirmé sa venue, avec néanmoins un petit retard, une course à effectuer selon le message trouvé dans mon casier avant de quitter le collège. J'ai donc le temps de tout préparer. Etant célibataire d'un jour, j'avoue ne pas m'être secoué les méninges dans la préparation du menu de midi. Une célèbre marque de surgelé tombe à propos pour me dépanner. J'espère qu'il ne se formalisera pas de mon manque d'hospitalité. J'aurai dû tout préparer la veille, mais comment faire sans éveiller les soupçons de ma femme ? Je ne souhaitais pas qu'elle sache que Julien devait venir à la maison. Il aurait fallu expliquer, justifier et peut-être négocier. Je ne veux pas de dispute inutile dans mon couple pour un repas à la bonne franquette avec un collègue. Dire que nous menions un projet commun, nécessitant de se rencontrer pour organiser les activités interdisciplinaires, aurait simplifié les choses. Mais cela aurait été un mensonge, alors que ne rien dire serait une omission, ce qui n'est pas pareil. Voilà un exemple typique de ma lâcheté. Je ne me sens pas blâmable de vouloir écouter Julien me préciser cette étrange histoire de petit chaperon jaune. J'aime à croire qu'il n'avait pas prononcé ces quelques mots sous l'emprise d'une folie momentanée. Le gong de la porte d'entrée interrompt mes pensées. Il est là sur le perron, un peu tendu, avec dans la main un paquet, des gâteaux emballés dans un papier dont je reconnais la provenance. Il a fait un détour spécialement pour acheter les meilleures viennoiseries du district.

A mon humble avis, c'est la première fois qu'il met les pieds chez un collègue du collège. Je profite de sa présence pour lui faire la visite du jardin, mon havre de paix, et montrer mes réalisations passées. Grâce aux tutoriels en ligne, j'ai pu réaliser une véranda pour agrandir la maison et ainsi m'offrir une vue dégagée sur un espace de verdure agrémenté de fleurs pendant la belle saison. C'est là que j'ai dressé la table pour tirer profit d'un agréable soleil hivernal, dont les rayons baignent la pièce d'une douce lumière. Il prend de l'intérêt à mes précisions de bricoleur émérite et hoche la tête d'admiration à la vue de la pergola installée au fond du jardin. Ma dernière création en date, à qui ne manque plus qu'une couche de peinture. Si Julien dépense son argent en voyages, j'investis mes économies dans l'aménagement de la maison, sous l'insistance de ma femme.

Dissimulé derrière de grosses lunettes de soleil, Julien doit certainement bénir les conditions météorologiques favorables de cette journée, se dit Olivier en posant les plats sur la table. Il va lui falloir pourtant accepter de se livrer et d'enlever son armure. Dompté et sans défense, je compte lui soutirer ce qui le perturbe, et enfin percer le mystère, puisque c'est bien de cela qu'il s'agit, de ce petit chaperon jaune évoqué hier dans sa salle de classe. Je me dis que la parole est salvatrice, cela ne pourra que lui faire du bien d'expulser cette gêne qui paralyse nos relations, et qui surtout le déprime, comme en témoigne sa mine de déterré.

*

Je romps le silence avant que s'installe un malaise : il est inutile de trop tergiverser car nous savons tous les deux la raison de notre rencontre.

— Tu souhaites que je te pose des questions, où tu préfères te lancer seul ? Dans ce deuxième cas, attends-toi à des interruptions de ma part, pour clarifier certains points.

Contrairement à hier, Julien est parfaitement réceptif à mes paroles.

— Ne t'attends pas à un début du genre, il était une fois... annonce-t-il dans un murmure.

— Je ne sais pas à quoi m'attendre tant la surprise, voire l'énigme, plane sur ta phrase, peut-être chargée de sens pour toi, mais qui me laissé assez dubitatif. Alors, fais comme tu veux et exprimes-toi, dis-je d'une façon si sèche que cela n'a pas pu lui échapper.

Il faut que cette conversation démarre tout de suite,

sans faux-fuyant. Ma réflexion produit un effet immédiat et Julien se lance dans une longue tirade.

— Les vacances en Chine, une drôle d'idée. J'ai dérogé à beaucoup de mes principes sur le fond, avec un circuit organisé, et sur la forme, en acceptant de vivre pendant près de deux semaines au sein d'un groupe d'inconnus. Tu savais mes motivations et je ne vais pas revenir dessus. Néanmoins, je suis resté assez tendu jusqu'à l'arrivée à l'aéroport. Je ne pouvais plus reculer et j'allais bientôt faire connaissance avec mes compagnons de voyage. Dans l'avion, je ne les ai pas repérés, je n'ai surtout pas voulu le faire. Dans mon esprit, inutile d'anticiper la rencontre lors du regroupement sous le panneau du réceptif local. J'ai bien entendu vaguement parler français dans l'avion. Rien de plus normal pour un vol au départ de Paris pendant les vacances scolaires. J'ai préféré me plonger dans un roman, un pavé très dense, au détriment du programme audiovisuel proposé par la compagnie aérienne. Je me suis isolé en mettant un casque sur les oreilles afin de brouiller les interférences venant du voisi-nage. Après l'atterrissage, le cœur battait la chamade. L'instant de vérité approchait. J'étais le premier à rencontrer le guide, une chinoise parfaitement bilingue, souriante à souhait. J'ai déploré qu'elle se soit présentée sous un prénom français, celui qui lui a été donné au cours de langue sous prétexte que cela facilitait les contacts avec les touristes. Jugeant cette manière peu respectueuse de l'identité des personnes, j'ai décidé de l'appeler pendant le séjour par son véritable état civil. Retenir un prénom dans une langue étrangère n'est quand même pas la fin du monde ! Pendant ce temps, le reste de la troupe s'égrène à la vitesse imposée par le minutieux contrôle en douane et la longue récupération des bagages sortis des soutes du gros porteur. J'ai constaté avec satisfaction la taille réduite du groupe, seize personnes, dont deux enfants. Un ouf de soulagement m'a parcouru en comptant discrètement tous les membres. Ce voyage s'annonçait sous les meilleurs auspices et, intérieurement je me réjouissais de mon heureuse initiative, pas si absurde que cela. Maintenant, il importait aussi que les voyageurs soient de bonne compagnic. Sur cc point, tu sais, je ne me trompe pas souvent. En les regardant vivre et se comporter en communauté, très vite je pourrais tirer quelques conclusions.

Julien marque une courte pause pour reprendre son souffle, mais il préfère enchaîner afin de ne pas perdre le fil de son discours.

— Les gens, parlons-en. Je les ai salués aimablement, sans prendre la peine de les détailler. Normal, j'aurai tout loisir de les découvrir au gré de nos déplacements, ainsi que dans les moments plus calmes, comme les repas. Un sourire cordial a suffi pour montrer mes bonnes dispositions, à les rassurer quant à mes capacités à accepter leur présence et à m'inclure dans le groupe. L'avantage d'une petite troupe, c'est que l'on peut mémoriser assez rapidement chaque personne, gymnastique aisée à force de côtoyer chaque année des centaines d'élèves. Pour faire simple, il y avait une famille et leurs deux petites filles, dont la plus jeune de l'âge de mon fils. Egalement trois couples, dont deux ayant dépassé la soixantaine, un autre deux fois moins âgé. Deux sœurs aussi, à vue de nez vers la fin de la vingtaine. Je faisais partie des quatre personnes arrivées en solitaire, trois hommes et une femme. J'ai remarqué tout de suite l'allure débonnaire de l'un d'eux, Henri, joyeux drille s'exprimant avec un léger accent du midi. La première impression était celle d'un homme affable, avec le mot pour rire, sans cependant en faire des tonnes. J'ai tout de suite pensé que nous allions bien nous entendre. A nous quatre, nous formions un quarteron de célibataires engagés dans la même aventure. A ce stade, hormis au sujet d'Henri, je n'avais rien à dire de spécial sur les autres participant du séjour. Je demeurais sous l'effet du décalage horaire et j'avais hâte d'aller à l'hôtel, de prendre une douche, de poser la valise. De m'étendre un bref instant afin de tenter d'effacer le souvenir des onze heures d'avion en position assise, sans me relever une seule fois. Mon médecin m'aurait engueulé, si d'aventure il l'avait appris. Je déteste déranger les voisins dans les avions et, comme je n'étais pas situé le long du couloir, j'ai préféré me concentrer sur ma lecture, aux dépens des règles élémentaires de santé.

Cette digression signale qu'il s'éloigne du sujet. Je dois intervenir pour recentrer ses propos, occasion aussi de couper ce bavard que je ne pensais pas aussi loquace.

— Tout cela est passionnant, je comprends que cela doit avoir une certaine importance, mais je reste toujours dans le flou, annonce Olivier, un peu impatient.

Julien soupire. Visiblement, il est fatigué par son effort, alors qu'il n'a pas encore commencé ! Il est vrai que cette prise de parole doit certainement être la plus longue depuis des semaines. Il a perdu l'habitude. Au souvenir, je crois que sa dernière intervention remonte lors de l'exposé sur le projet d'établissement du collège, début décembre, quand tous les collègues avaient été invités à formuler des avis. Il regarde par la baie vitrée.

— Je te conseille de planter un pied de vigne pour constituer une treille qui formera un beau couvert végétal sur ta pergola durant l'été. J'ai souvent vu cette pratique au Levant. Elle remonte à des millénaires et elle se perpétue encore, preuve de son efficacité. Je peux te montrer des photos pour te donner des idées sur l'apparence générale en pleine saison. En tout cas, cela habillera cette armature de bois un peu triste, assure benoitement Julien, satisfait de sa suggestion.

Ce gars est vraiment désarmant, admet Olivier. L'air de rien, c'est lui qui impose le rythme, alternant phrases rapides et une soudaine nonchalance. En admettant que je doive le pousser dans ses derniers retranchements, cela sera avec sa bénédiction. Sa présence dans mes murs confirme son consentement à parler, tout en conservant néanmoins la main sur le tempo. Je dois m'attendre à d'autres silences imposés, en fait non pour se reposer ou se remémorer des éléments utiles, plutôt dans l'optique de savourer le moment. Je le laisse faire, dans l'espoir que ses paroles exercent une bénéfique catharsis. De toute façon, j'ai l'impression qu'il ne parlera à personne d'autre. Si je respecte sa méthode, il convient quand même de le faire sortir de sa rêverie pour accélérer la narration. Cette fois, c'est moi qui a peur d'une situation pénible, avec un possible retour impromptu de ma femme. Je suis donc aussi sous pression, ayant horreur des engueulades. C'est pourtant lui qui me devance et reprend calmement après ce moment de calme, prélude à la tempête.

— parmi les personnes du groupe, j'ai mentionné deux demoiselles...

— oh, j'ai compris, s'exclame Olivier, coupant net la parole à Julien, avant que celui-ci puisse rajouter un mot.

Toutefois, après un bref temps mort, la réplique intervient de façon cinglante.

— Non ! Tu t'appropries quelques mots dans une phrase inachevée et, à partir d'eux, tu élabores un scénario en quatrième vitesse. Ecoute, ne m'interrompt que si cela en vaut vraiment la peine. Cette histoire est la mienne, je la partage à ta demande. Tu dois l'accepter selon ma version. Après, libre à toi de la remanier, de combler certains vides. C'est le propre de la fiction. De mon côté, je suis dans la réalité, une vérité que je ne vais pas farder, à quoi bon.

Il a raison, songe Olivier. Je me suis immiscé par réflexe, tant la suite semblait si évidente.

— Excuse-moi, cela, ne se reproduira pas, c'est sorti tout seul, implore-t-il tout en pensant que Julien allait entrer dans le vif du sujet.

Il va sûrement me parler de l'une d'entre elle. Mais laquelle ? Que s'est-il passé ?

De son côté, Julien bredouille. Il faut trouver les mots justes destinés à créer pour Olivier une représentation en tout point semblable à celle inscrite dans sa mémoire. Il n'a pas de photo à montrer, du moins pas de bonne qualité. A la place, il faut des mots justes. Il poursuit, cette fois d'un calme olympien, après avoir tracé les règles de la discussion.

— A l'aéroport, je ne leur avais pas prêté une attention particulière. Deux jeunes filles, certes très mignonnes, mais je ne m'emballe pas si facilement. Je me suis seulement dis que cela apporterait un peu de fraîcheur et d'enthousiasme dans un groupe où la moyenne d'âge plutôt élevée ne garantissait pas des conversations très intéressantes. Sur le moment, outre l'envie d'aller à l'hôtel, j'étais obnubilé par la découverte de Shanghai. C'est au cours de la journée que mon attention a été attirée par l'aînée. Je me souviens avoir souri en la voyant emmitouflée dans un long manteau qui descendait jusqu'aux genoux, assorti d'une capuche bordée de fourrure. Un look d'esquimau ! J'ai appris le soir qu'elle s'appelait Marilou et sa sœur Lily, deux prénoms très français pour deux demoiselles d'origine tonkinoise. En effet, elles sont nées en France de parents vietnamiens. Rien d'extraordinaire, tu vois, pour l'instant. Le déclic s'est produit le lendemain, suite à une transformation, que dis-je, une métamorphose, qui m'a interpelée. En effet, pendant que je déambulais lors d'un temps libre dans la grande rue commerçante de Shanghai, la rue de Nankin, j'ai aperçu les deux sœurs sortir d'un magasin. Marilou avait troqué son manteau pour une veste matelassée plus courte, bicolore, avec des manches noires, pendant qu'une couleur jaune vif couvrait le reste de l'habit. Elle avait si fière allure avec ses bottes portées sur son jean, un style associant classe et décontraction. Instantanément, je n'ai pas pu m'empêcher de prononcer : « Que voilà un beau petit chaperon jaune, » formule que je conservais durant tout le séjour, sans m'en ouvrir à quiconque.

— Voilà donc un premier point résolu. Cette Marilou est le fameux petit chaperon jaune, assure solennellement Olivier.

— C'est exact, confirme Julien avec une certaine émotion dans la voix. A partir de ce moment, la curiosité l'a emporté et j'ai décidé de l'observer plus attentivement. D'habitude, je remarque le caractère des gens par des petits riens, le plus souvent de manière involontaire. Cette fois, j'avais décidé de mettre de côté ma timidité pour mieux la cerner, comme peut-être personne ne l'avait fait auparavant. Je pense avoir découvert des choses que probablement elle ignorait sur elle-même.

— Je te trouve bien présomptueux, ricane Olivier devant une affirmation qu'il juge ridicule.

Vraiment, Julien se donne des airs supérieurs avec sa manie de vouloir décrypter les gens. Aux dernières nouvelles, ce n'est pas un spécialiste du comportement.

— Pense de moi ce que tu veux, répond Julien, résigné en devinant les pensées négatives de son vis-à-vis. Marilou, ainsi que Lily, sont très jolies, nul ne peut le contester en les voyant. Bien sûr que c'est un point important, mais je me dois de dépasser la simple apparence physique pour creuser davantage et faire émerger les qualités intrinsèques. Pour cela, j'ai été piqué au vif par des détails, anodins pour la plupart des personnes, mais qui pour moi sont des attributs de la beauté. Oui, la Beauté, avec un B majuscule. Et ne sourit pas, s'il te plait, supplie Julien. Ainsi, sa frimousse est adorable et naturelle. Elle ne cherche pas à la mettre en valeur par un maquillage qui n'apporterait rien. Elle a la chance de ne pas avoir à masquer quelques petites imperfections sous une couche de crème. De même, je n'ai pas deviné de mascara sur le pourtour des yeux. Quels yeux ! En forme d'amandes, peu plissés… j'arrête là, s'interrompt Julien.

Il est visiblement ému en revoyant le visage de Marilou. Il reprend un peu de contenance, pour ne pas trop couper sa description.

— Elle arbore également un sourire radieux laissant entrevoir de belles dents blanches.

Julien s'accorde encore un moment de répit, ce dont profite son compère pour essayer de le mettre en confiance.

— C'est vraiment dommage que tu n'aies pas de photo, déplore celui-ci en se resservant un verre d'eau. Je suis intrigué et très intéressé. J'aurais aimé corroborer tes dires.

— Je n'ai pas encore terminé ! Ce n'est pour le moment qu'une première ébauche, laissant deviner bien plus. Si tu rajoutes un petit nez, adorable à croquer, ainsi que des cheveux mi-longs portés en chignon, tu obtiens un visage merveilleux que je ne me lassais pas de contempler. J'étais subjugué, complètement sous le charme, d'autant plus que son corps est magnifique aussi, soupire Julien en pleine extase comme s'il faisait face à une statue grecque antique aux proportions harmonieuses. Il retrouve ses esprits pour compléter son idée.

— Je ne vais pas faire dans le graveleux, en restant sobre dans les détails physiques. Je t'informe qu'elle est plutôt petite, environ un mètre cinquante, un vrai format de poche, bien proportionnée, mince pour ne pas dire menue, tout en ayant une allure athlétique. J'ai examiné ses fines attaches quand mes yeux ont été attirés par ses mains.

— Serais-tu un fétichiste, s'esclaffe Olivier dans un rire à peine retenu. Un adorateur de certaines parties du corps, des éléments anatomiques en général, enfin, tu vois à quoi je pense ?

— Non, je ne vois pas où mène ta pensée, réplique froidement Julien, un peu courroucé qu'on lui prête des pratiques bizarres. Tu divagues avec tes suggestions malsaines. J'avoue que les mains ont une grande importance pour moi. Elles révèlent une partie de nous. J'y attache de l'intérêt. Entre parenthèse, tout en n'étant pas féru d'astrologie, j'ai noté que j'étais cheval dans l'horoscope chinois, exactement cheval de feu. A part cela, je ne m'intéresse pas du tout aux lignes de cœur et de vie, simplement à l'aspect global, sans oublier les doigts. Ainsi, dès le premier matin, je me suis rendu compte qu'elle ne déjeunait pas, se contentant d'une tasse de thé. J'ai été alerté par sa gestuelle raffinée, n'étant pas affairée dans les multiples gestes qui accompagnent la préparation de ce repas. Les mains tenaient délicatement la tasse, l'enveloppant de manière protectrice. En portant lentement la tasse à ses lèvres, elle a découvert ses doigts, terminés par des ongles bien entretenus, coupés à la bonne longueur.

— Parce qu'il y a une bonne longueur, persifle Olivier, histoire de placer une phrase dans le monologue de Julien.

— Court, c'est comme cela que je les aime, et sans vernis, riposte Julien qui choisit de ne pas se démonter devant ces propos acerbes. A partir de ce moment, j'ai compris qu'elle possédait ce petit plus à nul autre pareil qui m'attirait encore plus.

— Tout cela dans des mains, ricane cette fois Olivier sur un ton moqueur qu'il ne cherche pas à dissimuler.

Julien, toujours masqué derrière ses lunettes, ne laisse rien percevoir de cette nouvelle réplique injustifiée. Il adopte une attitude calme et posée pour répondre doucement.

— Olivier, il faut prendre le temps d'observer et d'apprécier la beauté. Je trouve Marilou parfaite, selon mes critères. Et je peux te dire que je suis extrêmement sélectif et bien difficile en la matière. Tes goûts ne sont pas les miens. Elle a de la noblesse et du maintien quand elle marche, un port de tête altier, bref la grâce incarnée, admirable et émouvante caryatide. Tu vois, continue Julien d'un ton désabusé, je pense que dans nos sociétés actuelles, on se moque de tout sans apprécier réellement les choses. Nous avons perdu le plaisir simple pour nous concentrer sur la recherche de la sophistication, alliée à une homogénéisation des modes de vie. De nos jours, tout le monde veut passer à la télévision, même pour se ridiculiser ; tout le monde veut singer les stars et leur ressembler ; tout le monde perd son identité personnelle. Quant à Marilou, elle est unique, elle représente un idéal de femme, une sorte de perfection. En disant cela, je pèse mes mots affirme-t-il avec véhémence. Et quand j'entendais le son de sa voix, parfois sans qu'elle soit dans mon champ de vision, il résonnait dans ma tête une mélodie agréable, teintée d'une petite pointe d'accent jurassien. C'est peut-être cela que l'on nomme le bonheur, chacun ayant sa définition sur le sujet. Pour ma part, la regarder et l'entendre étaient des moments forts de ma journée. J'étais fasciné par son côté naturel, sa joie de vivre perceptible, pas tout le temps d'ailleurs. Chaque matin, j'avais l'impression d'assister à l'éclosion d'une fleur devenant de plus en plus belle. J'en ai des frissons quand j'y repense, avoue Julien, les yeux embués, ce que ne peut voir Olivier, toujours à cause des lunettes de soleil.

Un temps d'arrêt prononcé s'instaure, respecté par les deux camarades. Olivier en profite pour mettre au clair quelques idées dans sa tête. C'est incroyable, Julien a eu une révélation. Son souffle court et le ton chevrotant témoigne d'une certaine fébrilité. C'est dingue, il paraît réellement ébloui. Je m'interroge comment ce personnage si cartésien et réfléchi a pu en arriver là. Son bon sens semble l'avoir abandonné. Succomber au charme d'une demoiselle, une gamine, dont je ne conteste pas les atouts. Je suis sidéré de voir que son triste état des dernières semaines résulte d'un coup de cœur somme toute banal. C'est incompréhensible de voir un tel séisme émotionnel chez quelqu'un d'aussi peu expressif, un introverti notoire. Je sens qu'il me scrute derrière ses lunettes, perdu dans ses pensées, un doux rêveur, momentanément sorti de la conversation pour aller je ne sais où. Pourquoi ne les enlève-t-il pas, alors que le soleil commence à décliner ? Il ne veut pas dévoiler tout son jeu. Pourtant, il trahit son trouble par de petits mouvements de visage et le timbre de sa voix.

Devinant que j'étais en train de tirer des conclusions sûrement hâtives de ses propos, il ressort soudain de son abattement afin de couper court à mes supputations.

— Ne te méprends pas sur tout ce que je viens de dire. Laisse-moi continuer pour préciser. Je ne veux surtout pas que tu puisses penser que mon intérêt réside dans une pulsion liée à une plastique avantageuse. Je ne nie pas cet aspect. J'ai déjà exprimé mon admiration sur son superbe physique, et je suis prêt à le redire, si tu n'as pas compris. La Beauté dont je t'ai parlé ne se résume pas seulement à un joli minois. La seule définition que j'accepte est complexe, comme moi, admet Julien avec un sourire narquois. Elle comprend une alchimie compliquée en se déjouant des lieux communs pour avoir le droit d'être à sa juste valeur. C'est pourquoi, mon attention s'est aussi portée sur son caractère, afin de confirmer mes premières impressions. Cependant, cet aspect de la personne demande un minimum de temps pour s'apprécier efficacement, avec le danger de découvrir au final que l'esprit n'est pas en harmonie avec le corps sublime. Un rapide coup d'œil pourrait suffire, sans faire autre chose qu'effleurer le sujet et rendre un avis superficiel. Mais aller en profondeur, c'est entrer dans une dimension différente, beaucoup plus intéressante et riche. Pour cela, il faut voir évoluer la personne aimée, appréhender sa pensée, écouter ses paroles en retenant le vocabulaire utilisé. Difficile de tricher sur sa personnalité, de se dissimuler derrière un paravent, surtout pendant tout un séjour. Le risque de commettre des erreurs est grand et le naturel peut très vite rejaillir, gâchant un tableau idyllique. Eh bien, je peux te dire que j'ai accumulé suffisamment de certitudes rassurantes pour confirmer que sa beauté intérieure complète largement tout ce que j'avais perçu.

— Explique-moi tout cela. Sans te prier, assez vite, supplie Olivier. L'après-midi s'achève et ma femme risque de revenir bientôt. Et s'il te plait, enlève tes lunettes ! Il n'y a plus de soleil depuis déjà longtemps. Nous sommes face à face et je ne suis pas ton ennemi. Il ne peut rien t'arriver, tu peux me faire confiance.

Julien ne bronche pas, puis il finit par accepter, de mauvaise grâce. Il a les traits tirés.

— La précipitation ne sied pas pour mettre à jour la quintessence de Marilou. Elle représente tant de douceur... Bon, pour te complaire, je vais accélérer et axer seulement sur quelques traits principaux. Tu ne vas pas être déçu, rassure Julien. Alors, par où commencer ? Je pourrais parler des heures à son sujet. Tu ne peux pas imaginer combien je ressasse en permanence tout cela. Je lui parle en conduisant, en mangeant, en marchant, en repassant, en faisant la vaisselle, au cours du moindre temps mort dans mes activités. Et que dire des nuits, bercées et agitées à la fois...

— Serait-il possible que tu fasses un effort de concentration en allant à l'essentiel, lance Olivier, un éclat furieux dans les yeux.

— Ok, ok, se rembrunit Julien, un peu agacé par cette intervention peu amène.

Il reprend néanmoins avec l'objectif que le rendez-vous finisse dans une atmosphère plus cordiale.

— J'ai tout de suite été séduit par son côté espiègle, surtout visible dans sa relation avec Lily. Elles s'entendaient vraiment bien, dans une complicité qui faisait plaisir à voir. Elle avait cet esprit de famille qui se perd de nos jours, entretenu savamment dans les regards et les gestes, comme les mimiques adressées à sa sœur, ainsi que leur connivence de tous les instants. J'ajoute également qu'elle arrive à passer en un instant d'une nature réservée, presque timorée, vers une grande jubilation marquée par une expression rieuse. Sa bonne humeur est contagieuse et je m'en suis inspiré en captant cette allégresse, comme un baume apaisant. Elle possède en plus cette dose de simplicité et de discrétion que je place comme des vertus majeures. J'ai aussi apprécié l'affection qu'elle portait aux petites filles du groupe. Elle s'en occupait parfois, avec beaucoup de douceur et une sincère attention. C'est donc cette sensibilité à fleur de peau qui m'a irrésistiblement attiré vers Marilou. J'ai eu l'impression de me voir en elle. J'étais telle une éponge sèche, imperméable à tout, incapable d'absorber et de voir ce qui m'entourait. Et soudain, je me suis imbibé complètement de sa présence. Toutes ses qualités m'ont conquis, en formant un ensemble harmonieux et parfait. Je peux affirmer que Marilou est une perle rare dont j'ai découvert la splendeur, un être hors du commun, une lueur dans la nuit que je traverse depuis trop longtemps. Alors, j'ose le dire, sans prendre de précaution et sans embarras, en te regardant dans les yeux, oui, je pense être tombé amoureux. À mon grand dam, ajoute-t-il beaucoup plus faiblement.

Olivier brise cette béatitude en se levant. Il montre des signes de nervosité et s'excuse auprès de Julien. Il est temps de se quitter et la séance est reportée sine die, avec la promesse de se revoir au plus vite pour conclure la discussion. Pour répondre aussi à des interrogations légitimes, au vu de ce déballage sentimental donnant un goût inachevé à cette histoire. Je reste sur ma faim, pense Olivier. Avant de refermer la porte, celui-ci demande à Julien de faire un effort pour retrouver une dynamique positive au collège, au moins en essayant de ne pas pénaliser les élèves dans leurs apprentissages. Quant au reste, les rapports humains, il ne se fait aucune illusion et évite d'en parler.

Au cours du nettoyage des preuves de la rencontre, Olivier fait tomber un verre dont les morceaux s'éparpillent dans un large périmètre. Cela a le mérite de le sortir de sa songerie : « Comment s'appellait cette femme qui m'avait émoustillée lors de la kermesse du village, il y a six ans », se surprend à dire Olivier.

De son côté, Julien reprend le chemin de son domicile, sans envie, exténué après avoir livré un intense combat sur lui-même. Parler de sa vie privée requiert du courage et une force qu'il ne soupçonnait pas. Bien qu'il n'ait pas réussi à tout expliquer à Olivier, il comprend qu'il vient de franchir une étape, du moins la première, pour éventuellement aboutir à plus de sérénité. En dépit d'un programme radio intéressant, il s'abandonne et vagabonde en direction de l'être aimé.

6

Julien est demeuré fidèle à ses habitudes. Son attitude générale n'a guère changé depuis notre rencontre. Si les rapports restent courtois dans l'établissement, le manque de chaleur et sa fausse cordialité troublent toujours autant les collègues. Ils ne se font décidément pas à l'ambiguïté du personnage. « Heureusement, on ne le voit pas souvent », s'enhardissent quelques langues de vipère, promptes à alimenter la machine à griefs et à le dénigrer avec des formules à l'emporte-pièce. Personne n'a été mis au courant de notre rencontre, en accord avec la promesse que je m'étais faite. Cependant, je me sens contrit de l'absence de reprise de contact. Les vacances de printemps sont passées à toute allure, comme toutes les vacances et, sauf de brefs dialogues échangés entre deux portes, nous en sommes restés à parler de la pluie et du beau temps. J'espère qu'il n'a pas été déçu de notre séparation un tantinet rapide. Avec lui, attendre une opportunité risque de nous amener sur du long terme. Aussi, je décide encore de prendre les devants. Sans un signe de ma part, il ne bougera pas et le statu quo continuera jusqu'à la fin de l'année scolaire.

J'opte pour la solution de facilité, à savoir le message dans son casier, une technique à l'ancienne, au lieu de passer par la messagerie électronique sur l'environnement numérique de travail du collège. On ne sait jamais, il n'ouvre peut-être pas souvent sa messagerie. Contre tout attente, il répond promptement, de la même manière, avec sa petite écriture de médecin que je déchiffre laborieusement : « D'accord pour mercredi prochain au pub irlandais dans rue principale, vers 15 heures. » J'apprécie le choix de cette adresse conviviale. Cette idée a certainement germé dans l'espoir d'une rencontre en terrain neutre. Je ne pense pas qu'il justifiera le lieu pour le plaisir d'avoir un fond de musique gaélique. Il doit me tenir rancœur de la brusque et maladroite interruption de nos échanges à la maison. Sans me dédouaner, j'avais le pressentiment que ma femme allait débarquer avec les enfants, ce en quoi je ne m'étais pas trompé.

De même, ses paroles m'avaient mis mal à l'aise. Je n'avais pas vu d'autre issue qu'abréger son quasi soliloque. Parce qu'en plus, il s'est largement répandu avec un flot de paroles dans lequel j'ai eu beaucoup de mal à placer des questions, dont certaines restent toujours en suspens. A sa décharge, je me devais de l'entendre après l'avoir grandement sollicité, comme le prêtre accorde une oreille attentive à celui qui vient libérer sa conscience.

Ponctuel, il ne me semble pas plus apaisé que depuis

la dernière fois. Derrière son impassibilité, je devine un océan de soucis, un orage qui gronde dans sa tête et déverse en permanence une pluie violente et froide sur un cerveau endolori. Face à cette détresse ambulante, j'ai décidé de ne pas prendre de gants en adoptant une attitude déloyale, mais ô combien salutaire, pour dénouer complètement les fils du récit entamé chez moi.

— Je n'y vais pas par quatre chemins, attaque Olivier après que le serveur ait déposé les boissons sur la table. J'ai bien compris ta conclusion de l'autre jour, tu es amoureux. Soit. Mais, par ailleurs, j'ai aussi le souvenir que tu es un homme marié et père de famille de surcroit. Sachant cela, au fond de moi, il n'y a aucune envie de partager une quelconque joie à ton annonce. Au contraire, l'idée de te mettre un coup de pied au derrière me démange afin que tu te réveilles. Je vais te paraître vieille France, bourré de principes et culotté de t'agresser de la sorte. A toi de tâcher de comprendre ma position, termine Olivier d'un air guindé et sûr de lui.

Julien reste bouché bée devant cette surprenante diatribe, énoncée dans ton martial. Il se reprend en affichant un petit rictus pincé dont il a le secret.

— Parler de mes vacances à des personnes qui font la plupart du temps semblant de s'intéresser m'indispose et je botte assez vite en touche. Parler de ma vie en général me répugne, car cela correspond à une intrusion dans ma sphère privée. Parler de ce qui touche à l'affectif est un tabou enfui au plus profond de moi : inconsciemment, je bloque dès qu'il s'agit même de frôler le sujet. Je suis d'une pudeur extrême, pour ne pas dire maladive. Je ne raconte rien, même à mon pote installé dans les îles C'est un principe fondamental sur lequel je reste inflexible, en étant viscéralement attaché à préserver mon intimité. C'est la seule chose que je considère comme une propriété exclusive et perpétuelle. Tout ce que je possède en nom propre, appartement ou voiture, sont des biens matériels transférables. Je me m'attache pas plus que cela à eux. Ce préalable est indispensable afin de rappeler que tout ce que t'ai raconté n'a pas été naturel. Cela a été une torture. J'ai pris beaucoup sur moi car j'éprouve une grande confiance envers toi. Tu es un privilégié, assène Julien d'une voix de stentor. Ton préambule un peu agressif est légitime en raison du contexte. Il m'oblige à sortir encore plus de ma réserve. Sache quand même que dans d'autres circonstances je t'aurais vertement rembarré et il aurait été inutile de cherche à se revoir. Chacun se protège comme il peut. Ma manière déplait à beaucoup de monde, mais je n'ai cure de leur opinion.

Olivier fait front, encaissant sans broncher la dernière remarque de Julien. Celui-ci se désaltère en buvant une petite gorgée de bière. Il laisse une légère trace de mousse à la commissure de ses lèvres. « Ce mec est dingue, se surprend à penser Olivier, mi-amusé et mi-sérieux. Il ne peut s'accorder davantage de songerie. Julien se lance enfin dans ce qui pourrait être encore une longue suite ininterrompue de phrases.

— Je suis effectivement marié et un lien juridique me lie depuis la cérémonie à mon épouse. Quant au lien affectif, il s'est effiloché depuis si longtemps que je peine à retrouver la date. Je n'entretiens plus aucune relation avec elle, sous quelle forme que ce soit. La gestion des affaires courantes nous rapproche de temps à autre. Nous sommes devenus deux étrangers qui vivent toujours ensemble dans le même logement. Je crois que le terme colocataire serait assez approprié pour désigner la situation. On peut dire que la fin de notre union a vraiment été consommée lorsque j'ai ôté ma bague de mariage, cet anneau marqué à nos deux noms, pour la déposer en évidence sur le plan de travail de la cuisine. C'était il y a déjà plus de deux ans. Une éternité, d'autant plus que cela faisait déjà quelques années qu'il n'y avait plus rien entre nous. Tu comptes : deux ans auxquels tu rajoutes quelques années. Oui, cela donne une éternité dans une vie d'homme. Julien soupire. L'amour s'est envolé avec la fin des escapades improvisées et des voyages au long cours ; la fin des restaurants et des cinémas, tout comme les tête-à-tête romantiques, les balades en vélo et les pique-niques, les anniversaires et la saint-Valentin. A la place se sont installés un néant affectif et une libido en berne. Mon épouse passe la plupart des week-ends chez ses parents. La semaine, nous parvenons à nous rencontrer quand elle n'a pas de réunion, ou lorsque je ne suis pas retenu pour la même raison. Dorénavant le silence domine nos conversations, avec de pesants non-dits. Je ne me sens pas bien à la maison, un peu comme si je résidais chez quelqu'un d'autre. Parfois, il faut donner le change à l'occasion de réunions de famille. Nous arrivons tout sourire et les journées passent assez vite entre les repas, où nous nous plaçons à des endroits opposés, et les promenades digestives. Parfois, j'ai entendu les gens s'émerveiller sur la solidité de notre couple, à une époque où les divorces se banalisent. C'est surréaliste d'entendre de telles inepties, s'énerve d'un coup Julien. C'est parler pour ne rien dire et avancer des considérations générales sans savoir la situation réelle des couples.

Pendant ces déclarations, Olivier ne pipe mot, stupéfait à mesure que les informations se déversent. Certes, il s'attendait à des confidences douloureuses. Pas au point d'atteindre un tel degré d'intimité. Un peu sonné, il réagit prestement afin de ne surtout pas laisser s'installer un malaise.

— Je suis vraiment navré, balbutie-t-il. Je n'avais aucune idée de l'ampleur de l'abîme qui te séparait de ta femme. Mais sans pousser l'indiscrétion trop loin, je suppose qu'il y a eu un élément déclencheur. Pardonne-moi d'avance, mais ne serait-ce pas une sorte de démon de la quarantaine, parvient-il à glisser, en espérant ne pas avoir froissé la susceptibilité de Julien. Ce dernier conserve une fausse assurance en se mordillant légèrement les lèvres. Il y a de la tension dans l'air.

— Tu veux tout savoir. Eh bien, soit. Maintenant que le processus est enclenché, autant aller jusqu'au bout et purger tout ce qui reste. Je me suis souvent interrogé sur le déclin amoureux dans mon couple. Comprendre comment il s'était installé sans faire de bruit, de manière insidieuse, donc indolore. Je suis arrivé à la terrible conclusion que le point de départ correspondait à la naissance de mon fils. Arrivée sur le tard, cette bénédiction s'est avérée aussi un tournant dans la vie de la maisonnée. Mon épouse s'est complétement focalisée sur lui, en reportant toute son attention sur cette petite chose. Une passion fusionnelle dans laquelle je n'avais pas ma place. Actuellement, c'est toujours le prince, choyé à l'extrême, sa raison de vivre. De son côté, il ne jure que par sa mère et je n'existe pas beaucoup pour lui. Petit à petit, j'ai été écarté de leurs jeux et de leurs sorties, de toutes les activités communes. Mis au ban de la cellule familiale, je ne sers plus à rien. J'ai rempli mon office en tant que géniteur. On me tolère encore, sans plus. Je te rappelle que cela s'est fait en douceur, sans brutalité. Pas de cris, ni de larmes. Une lourde chape de silence enveloppe l'atmosphère familiale. Ma présence ressemble à celle d'un intrus à la recherche du bon emplacement. Pour exister, je me suis concentré à fond sur le boulot et l'écriture de bouquins, dans le but d'apporter un minimum de réconfort à ma vie. Oui, le réconfort dans le travail, où je me suis abruti sans compter les heures, y compris les week-ends.

— Tu n'as pas cherché à....

— A quoi, s'écrie sans ménagement Julien, en posant les deux mains à plat sur la table, tout en plissant les yeux. A faire l'autruche : oui ! A tromper mon épouse pour compenser l'ennui et l'absence de besoins à assouvir : non !

Il martèle ce mot en le répétant encore deux fois, pour être sûr qu'Olivier l'enregistre. Il enchaîne pour préciser sa pensée.

— En effet, en dépit de la situation que je viens de te révéler, situation qui pèse depuis des lustres, je n'ai jamais songé à prendre une maîtresse. Cela ne m'a pas effleuré l'esprit. Je ne regarde plus les gens, je ne fais pas d'exception avec les femmes. Ma foutue éducation judéo-chrétienne a ancré en moi un code d'honneur, ici plutôt un code moral, avec des valeurs et beaucoup de principes auxquels je tiens. Je garde une conduite droite dans les grands moments de la vie, les bons comme les pires. Je préfère avoir mal plutôt que faire du mal. Un peu calmé, Julien réduit son débit pour continuer ses propos.

— Une autre solution aurait été de se séparer. C'était la plus logique, la plus communément utilisée. Un mariage sur deux finit en divorce dans les grandes aires urbaines. Nous aurions ajouté notre nom à la longue liste et serions entrés dans la norme. Pourtant, nous n'avons jamais évoqué cette extrémité. Aucun de nous n'a eu le courage de franchir le pas et de percer l'abcès. La couardise l'a emporté. Nous faisons semblant, sans plainte, oubliant la souffrance mutuelle générée par la situation, probablement pour préserver notre petit bonhomme. Un gamin heureux, comme on peut l'être à son âge, protégé des errements parentaux, maintenu aveugle et sourd à la déchirure du couple. Le drame qui se joue autour de lui doit s'envelopper dans l'illusion d'un bonheur, même artificiel.

— Je suis chamboulé par...

Olivier n'a pas le temps d'aller plus loin, brutalement arrêté par un Julien sorti de ses gonds.

— Pas maintenant ! Ce n'est pas le bon moment d'exprimer de la miséricorde, après m'avoir condamné par tes paroles moralisatrices, avant de savoir. Tu m'as fait ouvrir la boite de pandore, alors écoute, tu jugeras après. Je suis agité d'immuables secousses, torturé par la terrible situation. Imagine le tsunami dans ma tête, avec des vagues déferlantes à un rythme plus ou moins endiablé selon les circonstances. Au final, c'est toujours un résultat identique : des illusions balayées, des rêves noyés, de terribles insomnies qui pourrissent mes nuits. Aussi, quand j'ai rencontré Marilou, j'ai ressenti un bien fou, une éclaircie dans les ténèbres qui m'environnaient. Je crois que lors de notre dernière conversation, j'avais employé le terme de lueur. En réalité, c'est plus que cela, plutôt un astre dans mon univers devenu noirâtre. Je m'éteignais à petit feu car quelque chose était mort en moi. Et soudain, elle est apparue, ravivant la flamme moribonde. Enfin, je revivais ! En fait, les mots sont impuissants pour exprimer mon ressenti. Je dois avoir l'air stupide de te parler de cela. Alors, si c'est cela être amoureux, je ne m'en souvenais pas. Etre en apesanteur, comme transporté dans des émois d'adolescent découvrant pour la première fois les joies de l'amour, je le revendique. Tu dois penser à un coup de foudre, mais je n'aime pas ce genre de phrase toute faite.

Pendant que Julien psalmodie, Olivier prend un air maussade, un brin blessé. Il écoute avec patience la suite. Il est pris quand même de pitié par cette désolante incursion dans les entrailles nauséabondes d'un type qui s'accroche à un mince espoir.

— Je n'avais pas connu cette légèreté extrême depuis si longtemps, poursuit Julien. Et comme nous sommes dans la confidence, je veux bien concéder n'avoir connu cette sensation qu'à trois reprises. La première, avec une ancienne camarade de classe de collège, perdue de vue et retrouvée plusieurs années après, quand j'étais étudiant. La seconde, ce fut avec mon épouse. La troisième me tombe dessus en ce moment. Autant dire que je ne suis pas un spécialiste de la chose. Avant mon mariage, les conquêtes sans lendemain n'avaient jamais su ou pu éveiller la passion. Ce n'est pas leur faire injure de le dire, seulement un constat. C'est pourquoi, en Chine, j'ai eu l'impression d'une renaissance, de vivre sur un nuage. Marilou a tout de suite accaparé mes pensées, jour et nuit. Ne t'offusque pas, mes sentiments étaient purs et je te promets qu'aucune idée lubrique n'a jailli un seul instant. Aujourd'hui, c'est encore la même chose : elle est en moi, elle m'accompagne. Une folie diraient les bons conseillers, dont tu fais peut-être partie, conclut enfin Julien en dévisageant avec insistance Olivier.

Celui-ci ne répond pas à l'implicite invitation de s'exprimer. Il a déjà été averti comme un élève pris en faute et, boudeur et soucieux de respecter l'injonction, il préfère pour le moment attendre son heure.

— Je n'ai pas honte, continue Julien. Je n'ai pas à rougir de mes sentiments. Je ne suis pas un prédateur sexuel prêt à fondre sur une faible proie. Encore moins un pédophile ! Elle a quand même trente ans ! Aimer n'est pas un crime !

Il s'étrangle un peu après ce grand moment d'exaltation. L'occasion est trop belle pour Olivier de rompre son vœu de silence. Face à la volubilité de Julien, il faut saisir l'opportunité plutôt que choisir un moment inadapté et subir un courroux injustifié.

— Au final, je t'écoute et je ne vois pas où est le problème. Trop de points restent flous. Tu évoques ce qui ressemble à un conte de fée, c'est génial. Mais cela devrait dans ce cas apporter de l'allégresse. Tu conviendras avec moi que tu es loin d'incarner ce terme. Tu cumules tous les symptômes du mal-être. Regarde-toi, tous les clignotants sont au rouge, termine Olivier avec beaucoup d'empathie.

A l'évocation de son infortune, Julien retient péniblement une larme. Aujourd'hui, pas de grosses lunettes de soleil derrière lesquelles se cacher. La tension intérieure est palpable, comme le laisse suggérer le léger tremblement des doigts. En les repliant, il espère dissimuler son trouble, ce qu'il ne réussit pas à faire avec le visage où s'affichent des yeux de cocker. Paralysé, il hésite, à la recherche du bon angle pour débuter. Enfin, il murmure de façon à peine perceptible.

— Le problème, c'est qu'il ne s'est rien passé entre nous.

Cet aveu pénible paraît lui coûter et il peine à se reprendre. D'ordinaire si bavard depuis le début de la rencontre, le ressort semble désormais détendu et la machine à paroles est grippée. Nul besoin de hâter ce qui doit arriver. Compatissant, Olivier ne cherche pas à brusquer les événements. Il s'attend maintenant au pire, sans essayer d'anticiper l'inéluctable dénouement. Julien reprend enfin.

— Pendant tout le séjour, j'ai tenté d'adopter une attitude discrète, faite d'approches et de reculades. J'ai noué un dialogue normal basé sur des échanges non équivoques. Je prenais plaisir à ces moments trop fugaces, buvant ses paroles, m'enivrant du parfum sensuel qu'elle dégageait. Elle était totalement inconsciente de son pouvoir de séduction. Afin de ne pas donner l'impression que je voulais l'accaparer, et ne pas éveiller les soupçons des autres membres du groupe, je reprenais fréquemment mes distances. Je me concentrais alors sur le but premier du voyage : les gens qui déambulaient, l'animation des rues, l'observation de maisons avec des architectures particulières... Toutefois, je ne résistais pas durablement à son attraction : elle imprégnait mes pensées au point de me détourner souvent des explications du guide accompagnateur sur la civilisation et la culture chinoises. Lors des moments libres au cours des visites, je me surprenais à la chercher, aidé en cela par sa veste. Quand enfin j'apercevais le petit chaperon jaune en compagnie de sa sœur, j'étais tranquillisé, tout allait bien. Quant aux repas pris en commun, ils se déroulaient selon un schéma bien rodé. Sachant que nous étions seize personnes, deux tables circulaires de huit étaient dressées pour recevoir les convives, à la plus grande joie de nos hôtes chinois. En effet, le chiffre huit apporte la prospérité, la richesse, c'est-à-dire le bonheur pour eux. Chacun ses objectifs dans la vie, ne peut s'empêcher d'ajouter Julien dans une moue significative. Pour en revenir au repas, un plateau tournant trônait au milieu de la table, sur lequel étaient posés les nombreux plats. J'ai eu la chance de me retrouver plusieurs fois en sa compagnie, à côté ou plus ou moins en face d'elle. Je pouvais la contempler à loisir. Je changeais de temps en temps de table afin de converser avec le reste du groupe, sans pouvoir réfréner l'impérieuse envie de tourner la tête, de jeter des regards furtifs et l'admirer en cachette. Comme tu peux le voir, rien de spécial.

— Je suis très surpris, je m'attendais à autre chose,

risque prudemment Olivier.

— A mon avis, c'est déçu plutôt que surpris, renchérit Julien. Il y a eu un seul moment, plus important, que je ne peux pas omettre de mentionner. Lors d'un nouveau quartier libre, nous sommes allés, avec Lily, visiter une partie du mur d'enceinte de la ville de Xi'an. Ce monument n'était pas prévu dans le circuit, ce qui nous était apparu une incongruité. Aussi, notre petit commando s'est organisé un programme pour l'après midi, profitant du très bel ensoleillement. J'étais aux anges, un bonheur m'enveloppait et me transportait, j'étais comme en lévitation. J'ai pu l'entendre rire, apprécier son caractère sémillant. Elle était si décontractée et pleine de vie. Hélas, le temps s'est écoulé impitoyablement et il a fallu rebrousser chemin vers le point de rassemblement. Chacun a repris sa place dans le groupe. Le plaisir aura duré été éphémère.

— Sans vouloir de vexer, ton affaire est très platonique. C'est ce qui arrive à beaucoup de gens tous les jours. Qui n'a pas fantasmé sur une minette bien foutue rencontrée au détour d'une rue ou sur une plage ! J'hallucine ! Tu te prends la tête pour quelqu'un avec qui il ne s'est rien passé, pas même un baiser, si je saisis bien la situation. A ta place, je tournerai la page vite fait, se permet de lancer Olivier sur un ton doctoral mêlé d'ironie.

Un non tranchant et définitif clôt la réplique d'Olivier. Alerté par la fougue de Julien, le serveur se rapproche ostensiblement de la table, prêt à intervenir en cas de récidive. Il se rassure en voyant que les jeunes occupés à jouer au billard n'avaient pas daigné se détourner de leur partie. Il décide quand même d'avoir à l'œil ces deux consommateurs peu pressés de commander une seconde bière.

— Non, reste à ta place, répète plus calmement Julien pour ne plus attirer l'attention sur eux. Tu serais si malheureux. Tu ne peux pas te figurer ce que j'endure. Une once de mes soucis gâcherait ton existence bien réglée. Donc, cette manie de vouloir se mettre dans la peau des autres, en tout cas dans la mienne, cela n'en vaut pas la peine. Je veux juste ajouter que ce n'est pas une « affaire », comme tu le précises de manière aussi affirmative. Une situation s'analyse quand le mot fin apparaît sur l'écran, ou sur la dernière page du livre. Ne te livre pas à des conjectures avant. Laisse-moi continuer, je te l'ai déjà demandé. J'ai bientôt terminé mon récit.

Comme il est incisif, pense Olivier. Blessé, voire humilié par ce déballage intime, il garde toujours sa superbe. Il n'est pas encore totalement abattu et retrouve l'envie de combattre. C'est la preuve qu'il possède des ressources. Tant mieux, c'est rassurant, il va se sortir sans trop de dégât de cette « affaire », bien qu'il n'apprécie pas le terme. Olivier se garde de le prononcer.

— Tu as raison sur un point, reprend Julien. Il ne s'est rien passé avec Marilou, rien du tout. Elle ne se doutait pas de ce qu'elle représentait pour moi. Pourtant, une fêlure va s'opérer. Avec le recul, je pense avoir repéré le début du coup de froid qui va geler la fin du séjour. Une simple hypothèse de ma part. Le soir de notre balade à Xi'an, nous avons pris le train pour rejoindre Pékin. Un trajet de nuit de 1300 kilomètres. C'est la deuxième fois que nous prenions la voie ferroviaire. La Chine est vraiment très étendue et ce moyen de transport est génial et il offre la possibilité de rencontrer la population. Surtout, avec un voyage nocturne, il n'y a pas de perte de temps. Sitôt arrivé à destination, le voyage peut continuer. Très bon choix de l'organisateur du voyage. Dans ce train, le groupe de seize a été réparti dans quatre compartiments couchettes. Il se trouve que celui de Marilou et de Lily se situait juste à côté du mien. Un simple hasard dans la répartition effectuée par la guide chinoise. Tout le monde s'est installé en se mettant à l'aise pour supporter la chaleur venant d'un chauffage trop généreux. Le couloir permettant de desservir les cabines offrait une fraîcheur qui a rapidement attiré quelques personnes. Installé contre la porte coulissante, je laissais mes trois compagnons de chambrée prendre leurs marques dans l'espace réduit. Soudain, elle est entrée dans mon champ de vision, à peine à deux mètres de ma position. Cheveux dénoués tombant sur les épaules. C'était sa première apparition sans son chignon. J'ai rigolé en voyant ses pantoufles fantaisie. Elle portait un pantalon léger, ainsi qu'un petit débardeur lui couvrant le buste. Les bras étaient nus, d'une grande finesse, splendides. Sa peau mate contrastait avec la blancheur du vêtement. J'imaginais mon index partant de son épaule et glissant le long de ce membre afin d'en apprécier la douceur. Pour arriver ensuite dans sa main, que je serrais délicatement avant de la porter à mes lèvres.

Julien s'arrête brusquement, la bouche entrouverte. Il est soudain d'une pâleur morbide, exsangue. Olivier pressent que cet arrêt n'est pas voulu et il s'inquiète de son état de santé. Il présente à l'évidence des signes de malaise vagal.

— Cela ne va pas, Julien ? Tu n'es visiblement pas dans ton assiette, dit-il en lui pressant l'avant-bras. Tu veux que je fasse appeler un médecin ? Il est souhaitable d'ajourner la conversation.

Julien lève légèrement la main pour signifier qu'il a entendu. Les yeux fermés, il essaie de retrouver ses esprits.

— Ça va aller, rassure ce dernier. J'ai juste besoin d'aller me rafraîchir avant de continuer. S'il y a un moment où je ne peux pas m'arrêter, c'est bien ici.

Il se dirige vers les toilettes d'un pas mal assuré. Olivier se promet de le rejoindre si dans dix minutes il ne revient. Il n'a pas à jouer son rôle de saint-bernard car Julien réapparaît, à peu près dans les temps, sans avoir pris la peine de s'essuyer le visage. Celui-ci a retrouvé des couleurs et il peut reprendre sans atermoiement.

— Marilou regardait par la fenêtre défiler la campagne chinoise. Au loin, le soleil rougeoyait, annonçant son coucher imminent. Je la regardais. J'étais dans un ravissement indescriptible. Plus rien n'existait : le paysage, les bavardages autour de moi, les va-et-vient du personnel du train. J'avais devant moi mon archétype de femme et rien ne pouvait me distraire. Jamais, tu entends, jamais je n'avais regardé une personne avec autant d'intensité. Pas même mon épouse. D'en parler, j'ai encore la chair de poule. L'étourdissement de tout à l'heure était dû à cette remontée de souvenirs intenses et d'émotions mal maîtrisées. Pardonne-moi de t'avoir causé du souci, insiste-t-il en esquissant un sourire maladroit pour rassurer Olivier. Toujours est-il, qu'elle a tourné la tête dans ma direction. Est-ce le poids de mon regard, ou a-t-elle vu dans le reflet de la vitre un indice de ma présence ? Nous nous sommes regardés. J'étais tétanisé, incapable de bouger ni de prononcer un mot. Je n'oublierais jamais son visage. En une fraction de seconde, j'ai su qu'elle avait compris. Elle est entrée dans sa cabine pour ne plus en sortir. Je m'en voulais d'être resté bêtement figé.

Il se tient la tête dans les mains, à la manière de ce qu'il faisait lors de mon irruption dans sa salle de classe. Les choses commencent à réellement se dessiner pour Olivier, sans qu'il puisse entièrement intégrer jusqu'à quel degré la tragédie avait culminé. Il pose les questions qui arrivent spontanément, en fait les seules qui aient de l'importance.

— Qu'est ce qui s'est passé ensuite ? As-tu trouvé le moyen de lui parler ?

— C'est là que le bât blesse. Marilou a entrepris une politique d'évitement sciemment orchestrée. Terminés les petits apartés sympas ; terminés les repas à la même table, et pour cause, sauf quand vraiment il n'y avait pas le choix ; terminé l'emplacement sur la même rangée de sièges dans le bus ; terminé le positionnement dans un axe permettant de la voir lors des explications du guide. Terminé. Tout était terminé. La lame d'une guillotine s'est abattue sur mon cou, tranchant net la vitalité retrouvée et l'impression d'exister. Le plaisir de se lever le matin s'était transformé en un terrible calvaire. Je ne voyais plus qu'une tige avec des épines, pendant que la fleur regardait ailleurs. Pour répondre à ta deuxième question, j'ai effectivement tenté de savoir si tout allait bien et à chaque je m'entendais dire que c'était le cas.

En dépit des réponses rassurantes, la stratégie de la fuite a continué, elle s'est même amplifiée. Le constat était simple et cruel : Marilou ne souhaitait plus me voir ; j'avais perdu mon petit chaperon jaune. J'imagine que dans ce couloir de train, elle a cru voir un grand méchant loup prêt à lui bondir dessus. Affolée, et dans le but de se protéger de mon emprise, elle a opté pour la fuite. Une réaction de défense, afin de sauver ses vacances et ne plus subir mes regards acérés et langoureux. Je pense en particulier qu'elle n'avait pas envie d'être dans l'obligation d'écouter des paroles qu'elle ne voulait pas du tout entendre. Ce qui m'a troublé, et je me pose encore beaucoup de questions aujourd'hui, c'est son dédain, amplifié dans les derniers jours du voyage. J'étais sidéré par un tel mépris ! Me serais-je trompé sur sa personne ? Ce n'était pas possible ! Ce n'était pas possible ! Une fille si sensible, avec une nature timide, ce côté introverti qui a stimulé en partie mon intérêt pour elle, ne pouvait pas faire ce genre de chose. Je t'assure que j'ai vu dans ses yeux que c'était une fille bien. Et je ne dis pas cela à la légère. Je n'existais plus du tout, complètement effacé du groupe. La coquille s'était refermée pour préserver la perle indument convoitée. Pour te dire, le dernier soir au restaurant, j'étais assis à sa table et tout le monde a trinqué et elle m'a ignoré comme...

Il n'achève pas sa phrase. Une nouvelle vague déferle dans sa tête et terrasse ses beaux sentiments. Cherche-t-il un mot ou, submergé par une si grande émotion, veut-il mettre fin à son supplice ? Il poursuit cependant, le regard baissé, incapable de soutenir ma mine déconfite. Il continue d'une voie lasse.

— Je ne m'en remets pas. Cela ne lui correspond pas, c'est contraire à l'essence même de sa personne. Je culpabilise. Je suis sans cesse assailli de questions, au fond du gouffre, dans un si grande spleen depuis le retour du voyage que je n'ai pas su camoufler mon problème, notamment dans la vie quotidienne, surtout au collège. Ne pas avoir pu parler à Marilou, la rassurer sur mes intentions, reste un lourd fardeau qui me rappelle sans cesse ma maladresse. Je ne peux pas la faire descendre du piédestal où je l'avais installée. Je suis certain qu'elle n'est pas comme ce genre humain que je vomis. Son côté unique contribue à son charme fou. C'est pourquoi, je me répète, impossible que mon jugement à son sujet ait été faussé. Son émouvante sensibilité n'était pas feinte. Je ne saurais jamais pourquoi elle s'est détournée de façon si brusque. Cela restera une énigme à laquelle je ne parviens pas à m'habituer. Cette boule au ventre attise mon l'amertume et entretient le souvenir de la douleur reçue.

— Mais vous avez quand bien discuté un minimum, parvient à placer Olivier, de plus en plus déconcerté.

— Comment lui expliquer que je ne voulais pas la blesser. Cela m'a obsédé et, pour ne pas l'affoler, je me suis dit que les vœux à l'occasion de la nouvelle année pouvaient être un moyen d'y parvenir. Je me suis avancé vers elle, au matin du premier janvier. Pas de chance, il y avait un des couples du groupe juste à côté de sa place. Que faire ? En un instant, j'ai dû changer ma démarche. Je me suis surpris à dire que j'avais une dédicace spéciale pour elle. Quelle stupide entrée en matière, une dédicace ! Avec ce mot bizarre, n'importe qui aurait flippé, et c'est à partir de là qu'elle a élaboré le processus menant à mon effacement.

— C'était quoi au juste cette dédicace ? Effectivement, il y a de quoi surprendre. Ne me dit pas qu'il s'agissait d'une déclaration ?

— Pour le mot, désolé je n'ai pas trouvé mieux. Mais franchement, Olivier : tu me vois exprimer ce que j'avais sur le cœur à Marilou ? Elle aurait franchement éclaté de rire ! Même si je crois que sa bonté l'aurait sûrement empêché de m'accabler. Tu ne mesures pas la situation : je dois avoir l'âge de son père ! Elle est née sous Mitterrand, moi sous de Gaulle. C'est un peu le grand écart. Quel traumatisme pour une demoiselle ! Je suis loin d'être le prince charmant. Imagine plutôt Cyrano face à Roxane. Non, mauvais exemple, car Cyrano, en dépit de son appendice nasal protubérant, dispose d'un bel esprit dont je suis dépourvu. En revanche, bon exemple, si on se place du côté de l'amoureux transi, condamné à dissimuler le fond de son cœur. Du moins, Cyrano a la chance de s'approcher de sa bien-aimée, comme Quasimodo se languit à la vue d'Esméralda. La littérature est truffée d'amours impossibles. En ce qui concerne l'histoire, à brûle pourpoint, je n'ai rien qui me vient à l'esprit. Pour rester plus terre-à-terre, si encore j'avais été Brad Pitt, plutôt Georges Clooney, peut-être aurais-je tenté une approche. Tu le vois, tout nous oppose, c'est le jour et la nuit. Elle a l'avenir devant elle, son destin entre les mains. Quant à moi, je suis à l'automne de ma vie, plus près de la fin que du début, totalement conscient de cette différence incommensurable, en tout cas pas assez désemparé pour commettre l'erreur d'avouer ma flamme. Cela doit rester mon secret, elle ne doit pas être au courant de l'ampleur de mon amour.

— Merci pour tes références littéraires. Ne tourne pas autour du pot, s'impatiente Olivier, qu'est-ce que tu voulais lui dire alors ?

— A défaut d'amour, puisque j'avais décidé de tout garder en moi, pour conserver ma dignité et respecter aussi Marilou, je voulais simplement lui énoncer quelques phrases. Cela n'aurait pas pris plus d'une dizaine de secondes. Je peux te les citer pêle-mêle, tu vas voir, c'est très bref.

Marilou, je te présente mes meilleurs vœux. Je voulais aussi te dire que je trouvais très belle, pleine de qualités et j'espère que la nouvelle année t'apportera beaucoup de joie et de bonheur. J'ai juste le regret d'avoir quinze ans de trop.

Julien ne laisse pas à Olivier le temps de donner son avis sur sa prose.

— Je pense que j'aurai terminé par un sourire sincère, soulagé de ma hardiesse, un gros poids en moins. Après, je pense qu'elle serait allé rejoindre Lily et nous en serions restés là.

— Eh bien, tu es vraiment un gros con, rugit Olivier. Désolé de te dire des lieux communs du genre : dans la vie il faut se battre, ne jamais baisser les bras, même si la cause paraît perdue d'avance. Surtout, si celle-ci vaut la peine. Est-ce que Marilou mérite tous les superlatifs employés pour la décrire ? Tu t'es escrimé à la vanter en la présentant comme une personne remarquable, ce dont je doute nullement. Il suffit de te voir t'enflammer quand tu en parles. C'est beau de voir autant de passion. Aimer, c'est prendre des risques. Aussi, s'élever contre les barrières dressées doit être un puissant stimulant, le moteur, voire la motivation essentielle de tes actes futurs. Au total, tu n'as que trois solutions. La première : rester à te morfondre et te pourrir l'existence en pensant continuellement à elle, à ressasser cette histoire. La seconde : tenter de la joindre, lui déclamer tes sentiments, au risque de te prendre une grosse claque. Enfin, aller de l'avant, tout oublier et remettre de l'ordre dans ta vie. Voilà mes propositions et, pour ne pas t'influencer, je ne dévoile pas celle qui, à mon avis, désigne la voie de la raison.

Olivier affiche crânement le plaisir qu'il a eu à placer autant d'arguments dans la conversation, en lieu et place de Julien. Il commence à apprécier ce rôle de conseiller que certainement il attendait de lui. Il estime avoir été utile en ayant fait son devoir. Mince, il me fixe avec insistance. Il cherche à savoir ce que je pense, remarque subitement Olivier.

— Je vais te dire maintenant ce que je voulais exprimer plus tard, notamment lors du traditionnel pot de fin d'année scolaire. Olivier, je t'apprécie beaucoup. Après avoir brièvement sondé l'ensemble des collègues quand j'ai été nommé dans l'établissement, j'ai tout de suite vu que tu étais différent. Discret, mais ouvert aux autres, avec souvent un petit mot pour chacun. Sincère et aimable avec ton air de gendre idéal. A ce moment, j'ai su que si je devais me lier avec une seule personne, ce serait toi. La suite m'a donné raison. Tu t'es occupé de moi comme peu de gens l'avait fait auparavant, n'hésitant pas, je suppose, à braver ceux qui devaient te prévenir du danger à fréquenter un pauvre type comme moi. Tu n'as pas rechigné à écouter longuement l'exposé de mes problèmes, au risque de te faire disputer par ton épouse. Pour tout cela, merci. Cela me fait tout drôle. Pendant ces dernières années, plus le fossé familial s'est creusé, moins j'ai accepté de parler, en me plongeant dans un silence délibéré, hormis dans le cadre professionnel, contraint et forcé par la fonction, mais alors à minima. J'ai donc entassé des quantités de paroles que je répands d'un coup, comme un barrage qui vient de céder et inonde tout en aval. Tu m'apportes un bien immense, et ce n'est pas fini, car j'ai encore des choses à dire.

C'est un vrai moulin à paroles, songe Olivier. Pas simple de l'arrêter quand il est lancé. Eriger maintenant une digue n'aurait pas de sens, il doit continuer dans la foulée, sous peine de conserver en lui des restes douloureux.

— Marilou est une fille formidable et, sur un signe d'elle, je lâche tout dans l'instant pour la rejoindre, sans hésiter, quitte à traverser la France d'une traite si nécessaire. J'aurai le temps ensuite de m'arranger avec le principal pour rattraper le service non fait. En dépit de son comportement dur à mon égard, je ne la juge pas et je n'arrive pas à la dénigrer. On ne brûle pas ce que l'on a encensé. Elle est majeure, elle a fait ce qu'elle pensait le mieux, surtout au moment où un importun lui sabotait la fin de ses vacances. Elle ne pouvait pas s'intéresser à moi en janvier, et c'est obligatoirement le cas encore aujourd'hui, pour les raisons déjà évoquées. Combien de fois a-t-elle pensé à moi depuis ce funeste retour de vacances ? De plus, je te rappelle qu'elle représente selon moi un canon de beauté. Serais-je le seul à m'être aperçu de cela ? Tous les mecs dans son entourage ne sont quand même pas atteints de cécité. Je suppose qu'elle a un copain. Si ce n'est pas le cas, le nombre de prétendants à rôder autour d'elle me place en dernière position. Quelle prétention ! Etre dans le classement signifierait avoir une infime chance de la séduire. Si je te suis, il faut toujours aller au bout de ses rêves. Belle philosophie que j'ai abondamment pratiquée, en d'autres temps. J'ai foncé, remué ciel et terre pour un idéal à défendre, ou simplement pour profiter de la vie. Dans le cas présent, tout paraît si inutile et j'abandonne sans gloire. Je sais que ce n'est pas le vrai Julien, mais n'oublie pas qu'elle m'a effacé du groupe. Tu connais le poème de Corneille que je modifie pour la circonstance : nous partîmes… à seize et… revînmes à quinze.

— Que tu es défaitiste ! Écris-lui une lettre si la confrontation promet d'être houleuse. N'oublie pas mes trois conseils, et fait le bon choix, se risque Olivier afin d'apporter une dose d'optimisme en guise de consolation.

— Encore un point. A l'aéroport, j'ai donné à Lily mon courriel et mon téléphone sur un bout de papier pour qu'elle le donne à Marilou. J'avais l'illusion que ce lien ténu pourrait être un moyen de conserver le contact. Tous les jours je me suis accroché à cette petite parcelle d'espoir en consultant sans arrêt ma messagerie. Encore actuellement, je subis une véritable addiction à mes écrans, sans cesse à vérifier, au cas où. Au fond de moi, il y a un petit diable, tu sais, comme dans certaines bandes dessinées de Tintin. Il jubile en m'expliquant avec une voix sournoise ce qui est advenu du bout de papier. Il se délecte en désignant une poubelle, épouvantable éventualité que je me refuse à croire. Pourtant, j'y pense fréquemment, et ce méchant diablotin profite de ma faiblesse pour me piquer le cœur de son trident pointu. Je dois me faire à l'idée que c'est ma vraie place. Avant que tu ne poses la question, je t'informe que je n'ai pas ses coordonnées. Je sais qu'elle réside dans le Jura. Dire que je n'ai pas fait une petite recherche serait mentir. Elle s'est avérée infructueuse. Soit elle n'a pas de téléphone fixe, soit il est au nom de la personne avec laquelle elle habite. Je suis navré que mon comportement minable ait affecté son voyage. Je mérite son indifférence.

Il s'arrête, jette un œil rapide aux clients qui viennent d'entrer. Le bar commence à s'animer.

— Voilà, tu sais tout maintenant, conclut Julien en fixant Olivier.

En fait, presque tout, rumine Olivier en le regardant s'éloigner un long moment pour s'assurer que tout allait bien. En parallèle, il fait défiler à grande vitesse l'ensemble de la conversation. Cher Julien, je connais maintenant le degré de détresse qui te brûle et l'enfer dans lequel tu surnages. Tu as livré tes secrets comme à un ami, et je t'en sais gré. Mais la plaie est si profonde, si vive, que je doute de mon utilité. Seul un professionnel spécialisé dans les maux de l'âme pourrait te faire du bien. Il faudrait que je lui en cause, avec tact, afin de ne pas le froisser. Pendant qu'il remue ses méninges, il rallume son téléphone où s'affichent quatre appels manqués. Mince, ma petite femme. Qu'est-ce que je vais bien lui dire ? pense-t-il en émergeant soudain dans sa propre existence.

7

Julien a repris le cours de sa vie dans de meilleures dispositions. Depuis la révélation de son secret, il semble avoir un peu changé. Le printemps est bien installé, sa saison favorite, celle où la nature s'éveille après son long sommeil hivernal. L'explosion des couleurs, les arbres en fleurs, les oiseaux qui reprennent un rythme plus soutenu, les abeilles qui sortent de leur léthargie, tout concourt au plaisir visuel dont il ne se lasse pas. Cet éternel retour des choses, accompagné d'une vitalité exceptionnelle, agit positivement sur lui. Les odeurs répandues dans l'air ravissent son odorat à la recherche d'effluves connus. Il me raconte ses virées en voiture à Mayotte, à la tombée de la nuit, vitres grandes ouvertes, spécialement pour le plaisir de sentir l'ylang-ylang. Egalement ses marches dans d'immenses orangeraies au Liban où des fragrances fruitées embaumaient l'air. Des détails pour le commun des gens, une sorte de volupté pour Julien.

En le revoyant plus souvent dans la salle des professeurs, certains collègues n'ont pu s'empêcher de commenter son retour. « C'est vraiment le printemps, l'ours est sorti de sa tanière » a été la formule en vogue pendant au moins une matinée. A vrai dire, ses incursions dans le cœur stratégique de l'établissement demeurent comptées. Si changement il y a, celui-ci reste modéré. On ne modifie pas du jour au lendemain un caractère aussi entier. Pour être plus précis, il fait de louables efforts et adopte l'attitude d'avant les vacances de Noël. Cependant, il continue son boycott de la cantine. Une volonté de bien faire, mais sans se replonger dans la masse, préférant le calme d'une salle de classe vide pendant la pause méridienne. J'espère qu'il a retrouvé une paix intérieure et réussi à se projeter dans un avenir plus radieux. Au sujet de mes conseils, vers quelle option s'est-il dirigé ? Nous n'avons pas eu de longues discussions depuis notre après-midi au pub. Il faut dire que ma femme n'a pas du tout apprécié cette escapade, en plus dans un bar ! Elle n'a fait aucun commentaire lorsque j'ai avoué avec qui j'étais. Un silence valant désapprobation.

Pour rencontrer Julien, pas d'autre solution que de toquer à sa porte de classe. Nous bavardons simplement et j'arrive à récupérer parfois de maigres informations sur sa vie actuelle. Je ne lui ai plus jamais posé de question sur Marilou afin de ne pas entretenir le souvenir. De son côté, il s'abstient d'aborder le sujet. Je vois le signe d'une guérison en cours. Cette passion sentimentale, trop excessive à mon goût, n'aura été qu'un épisode passager, une passade, certes malheureuse eu égard à sa trop grande sensibilité, mais surtout une parenthèse vite refermée. Un petit chaperon jaune tombé dans les oubliettes de l'histoire, plaisante Olivier en se souvenant que Julien avait certainement terminé dans une poubelle chinoise, enfin ses coordonnées écrites sur un papier. Surtout ne rien lui dire de mes pensées, se reprend Olivier. Une chose est sûre, je loue ma salutaire intervention dans sa vie. J'ai eu raison de forcer sa défense. Sans moi, il serait encore en train de se morfondre et de ruiner sa santé physique et mentale. Où peut-être même pire, qui sait. C'est donc en sauveur, qu'Olivier accueille ce renouveau.

— Tu as l'air en bien meilleure forme, avec même des bonnes couleurs. Tu profites du bon air printanier ?

— Effectivement, j'ai modifié beaucoup de choses, notamment mon emploi du temps des week-ends. J'ai laissé de côté le boulot, reporté aux autres jours de la semaine. J'ai repris le sport, la marche dynamique exactement. Dorénavant, dans l'hypothèse où l'on voudrait me rencontrer un dimanche, c'est vers les quais de la Saône qu'il faut chercher. L'endroit est magnifique en ce moment avec ce soleil persistant. Pareil pour la course à pied. Je me suis concocté un programme pour monter en intensité, en travaillant la résistance, afin d'avoir un gros foncier. Prêt à faire quelques challenges sportifs locaux sur des distances moyennes, du moins au début. Je souffre pas mal, car ce n'est pas mon activité de prédilection. De plus, soulever la carcasse est pénible. Avec de la persévérance, je pense arriver à un niveau convenable.

— Je te trouve déjà très affûté, en mesure de t'inscrire dans des compétitions, approuve Olivier.

— Mon objectif essentiel réside dans la recherche de mes limites, pas à me mesurer aux autres. Je me fiche du chronomètre ou de la place. Seul compte de savoir jusqu'à quel point l'organisme résiste aux contraintes imposées par des efforts importants.

Pas très porté par la culture physique, Olivier passe du coq à l'âne et rebondit sur un élément qu'il vient d'entendre.

— Tu parlais de travail personnel, à quoi faisais-tu référence ? Aurais-je fait un émule dans le bricolage, après avoir admiré à la maison mes superbes réalisations ?

— Je vais te décevoir. Mes expériences dans cette activité ont souvent été malheureuses, je suis assez maladroit. Pourtant, cela m'intéresse et j'apprécie de mettre la main à la pâte. En fait, je peste souvent contre les notices fournies dans les emballages : c'est à se demander qui rédige de tels charabias alambiqués. Aussi, je me tourne vers le plus simple, comme tondre la pelouse, tailler les haies, le jardinage de base. On ne peut pas dire que j'ai la main verte, mais je relativise. Au moins, je suis dehors, au contact d'une nature artificielle, quand même plus agréable que du béton.

— Alors, c'est quoi ton jardin secret, insiste Olivier afin d'éviter que Julien se lance dans une envolée sur l'intérêt de protéger l'environnement.

— Il n'y a pas de cachotterie. Tu es un veinard en profitant encore d'une confidence que je réserve à un cercle ultra restreint de personnes, avoue Julien. Je suis passionné de vin depuis ma précoce initiation aux secrets de sa fabrication et de sa dégustation. Au fil des années, j'ai voulu en savoir plus, pas dans une vision d'œnologue, plutôt dans la dimension culturelle. Notamment le rapport des hommes à ce breuvage, magnifié depuis les temps anciens, source de paysages viticoles patiemment construits. Regarde les vignobles du Douro, ceux d'Alsace, ou bien ceux de la combe de Savoie. Tu te rends compte ce travail de générations de viticulteurs pour modeler l'espace ! C'est cela qui m'intéresse, entre autres, car je dois plaider coupable. Coupable d'être un épicurien, facette que je me garde bien de mettre en avant. Je modère mon propos, puisque cette morale a beaucoup perdu de sa consistance. Le plaisir en général n'est plus qu'un concept vide de sens, destiné aux autres, non plus à moi. Tu vois bien sûr à quoi je fais allusion, avance Julien.

Afin de couper court à une éventuelle intrusion dans les problèmes de son ami, Olivier réagit prestement en regardant sa montre, visiblement pressé. On sent le professeur qui maîtrise les paramètres, en particulier le temps. Il faut réorienter la conversation, ce qu'il s'emploie à faire avec doigté.

— Et comment se manifeste concrètement cette passion ? Tu dégustes des grands crus ou tu fais partie d'un club d'amateurs éclairés ?

— Pas du tout. Oui, je consomme quelques bonnes bouteilles, dans les règles de l'art. Toujours dans un verre ballon, avec modération. Mon travail, si je peux dire, c'est dans mon bureau que cela se passe. Je me suis jeté dans l'écriture pour lutter contre le désœuvrement au moment où les relations avec mon épouse ont commencé à se déliter.

Avant, c'était plutôt un hobby. Depuis, je m'occupe en lisant et en écrivant. En ce moment, je dois rendre ma copie pour une commande passée avant les vacances de Noël, dans le cadre d'un ouvrage collectif. J'ai des chapitres en cours de rédaction, dont l'échéance arrive au mois de juin, c'est-à-dire dans seulement quelques semaines. Or, tu sais parfaitement que j'ai été incapable de faire quoique ce soit depuis janvier. Ce n'est qu'après notre très long entretien au pub que j'ai repris ma plume. Je suis largement en retard. Cependant, je me suis engagé et je vais honorer ma promesse en travaillant d'arrache-pied. Je n'ai pas une pléthore de qualités et si j'en retiens trois, je dirais : la loyauté, la fidélité à mes engagements et aussi une grande force de travail. Mais tout cela, tu ne l'ignorais pas.

— C'est super passionnant ! Dois-je faire d'autres découvertes particulières à ton sujet, s'exclame Olivier avec une ferveur non contenue.

— Il y a encore beaucoup à découvrir. Tu as eu un aperçu des grandes lignes, c'est déjà beaucoup. Elles forment l'ossature générale de ma personnalité. Il restera toujours une part énigmatique. Même avec la meilleure volonté du monde, tu n'arriveras par à fouiller les arcanes de mon cerveau pour que je livre mon moi profond. Allez, dépêche-toi d'aller en cours, la sonnerie va retentir sous peu.

Olivier sort, troublé par les obscures dernières paroles. Cette sensation d'avoir été gentiment congédié perturbe toute son après-midi de cours. Malgré ce désagrément, le bilan global montre des signes très encourageants qui rassurent sur la capacité de Julien à sortir de l'ornière dans laquelle il s'englue depuis trop longtemps. Pas une seule insinuation relative à Marilou. « Il surmonte l'épreuve, le sevrage se passe très bien », s'auto-congratule Olivier. Dommage que personne ne puisse admirer ma part dans cette rédemption. J'ai rempli la mission qui incombait à un ami. C'est le deuxième enseignement que je tire. Je ne pense pas me tromper en osant employer le mot ami après les terribles divulgations entendues. Il ne se serait jamais confié à une personne ne méritant pas cette appellation. Je suis enfin parvenu à mes fins. Je n'ai pas renoncé, en dépit du chemin tortueux pour y parvenir, preuve qu'il faut toujours conserver l'esprit de conquête. Je souhaite qu'il puisse imiter ma détermination.

*

La fin d'année scolaire approche. Plusieurs signes ne trompent pas, à commencer par la motivation des élèves qui décline fortement, probablement aussi celle des enseignants. De même, les tenues vestimentaires évoluent vers plus de légèreté, annonçant la proximité de l'été. Les langues se délient pronostiquant la future météo des vacances, énumérant les projets de vacances. La salle des professeurs s'anime comme jamais, emplie d'un gros bourdonnement. Julien se moque des jacasseries et circule avec les tympans en mode pause. Ses rares entrées passent inaperçues, ce dont il se réjoui vivement. « Je caméléone » se permet-il de plaisanter en s'approchant de moi à pas feutrés. Je remarque qu'il a pris en tonicité, affiné par son intense programme sportif. Je le trouve courageux de martyriser autant ses muscles et ses articulations. Quel plaisir y a-t-il à se faire souffrir ? J'ai du mal à dater mon dernier footing. Chaque année, le manque cruel d'entretien physique se rappelle à mon bon souvenir lors du classique match de handball contre les élèves de troisième. A chaque fois, je jure de me prendre en main afin d'éviter l'essoufflement après deux allers-retours de terrain. En plus, je finis immanquablement sous les quolibets du public, ravi de se moquer de leur professeur. Pourtant, je repousse l'échéance, tandis que Julien se prend en main. Pendant ce temps, il n'a pas de mauvaises pensées et je l'encourage dans son challenge.

Je le revois périodiquement. Nous profitons de ces moments avant la longue coupure estivale. Il parle de ses envies de voyage, mais tergiverse sur les priorités : visiter le Machu Pichu, faire la descente du Mékong, traverser les Etats-Unis à moto. Il a même en tête du kayak au Groenland ou au Spitzberg. A l'énoncé de tous ces lieux, je rêve à mon tour en essayant de visualiser chaque endroit sur le plani-sphère. Il aime revenir plusieurs fois dans le même pays, lors de saisons différentes, afin d'apprécier ce qui lui avait échappé auparavant. Ce qu'il apprécie par-dessus tout, ce sont les paysages naturels ou anthropisés, tant que la nature est omniprésente. Il laisse toutefois échapper un faible pour New York, un court séjour pour flâner dans les rues de la Grosse Pomme. « Je peux associer deux destinations, voilà la solution. D'abord le Pérou, puis un vol direct vers Ho Chi Minh », propose-t-il visiblement inspiré. Il vient de me sortir de mes chimères et j'atterris dans sa salle, toujours la même, pas l'endroit le plus dépaysant de la terre. Il me fascine par son agilité mentale, capable en un instant de passer d'un endroit à un autre de la Terre, jonglant avec les noms, traçant sur du papier brouillon des itinéraires si schématisés que lui seul peut les déchiffrer. Pas le temps d'ingurgiter toutes les données qu'il repart aussitôt, remonté comme une pendule : « J'aurais bien voulu aussi refaire de la plongée. J'ai remisé mon matériel depuis trois ans. Il faudra que je le fasse vérifier. Tu as déjà pratiqué ? » J'avoue ma totale méconnaissance de ce sport. Mal m'en a pris, car il profite de l'ouverture pour faire la promotion des fonds marins. Il précise avoir plongé dans la plupart des spots connus dans le monde, de manière intensive quand il résidait à l'étranger.

Je m'interroge sur sa capacité à réaliser ses vœux durant l'été. Il change d'option à tout bout de champ, trop survolté pour prendre la mesure des choses. De toute façon, j'appuie ses désirs, sans le contrarier, en dépit de légitimes réserves. Je n'envisage pas d'interrompre cette si exceptionnelle euphorie. Cela me fait penser qu'il faudrait que je me penche sur la question. Il n'y pas d'urgence, pas de vol à réserver. Ma femme me vantera les atouts d'une station balnéaire du Languedoc-Roussillon, ou de la côte atlantique, comme tous les étés, sans désobéir aux habitudes prises depuis notre mariage.

*

Nous avons atteint la mi-juin et Julien demande à me rencontrer. Les prémices d'un été chaud et ensoleillé se sont évanouies pour laisser la place à des pluies intermittentes. Les velléités des collégiens de quitter plus tôt l'école sont contrariées par les éléments. Le temps est à l'orage. Il fait presque sombre quand je le rejoins à l'heure dite dans le lieu de nos apartés. Il me reçoit sympathiquement avec une poignée de main ferme. A peine assis, il ne perd pas de temps en salamalecs inutiles.

— Il m'a semblé important de te tenir informé d'un fait nouveau. Etant donné que tu as écouté le récit de pans entiers de mon intimité, et ce avec beaucoup de patience, je voulais aller jusqu'au bout de la logique.

Olivier ne se décontenance pas, prêt à amortir un éventuel choc.

— Mon épouse et moi-même avons discuté longue-ment de notre couple. C'est une mini révolution dans notre sphère privée, démarche salutaire pour tout le monde et l'occasion de faire cesser enfin l'hypocrisie d'une union solide montrée en exemple. Nous sommes séparés, en plein dans les démarches administratives. Nous faisions semblant. Il n'y a pas eu de déchirement, pas d'éclats de voix, de verres brisés, ni de pleurs. C'était l'aboutissement logique d'une agonie entamée depuis si longtemps qu'il fallait mettre un terme à ce simulacre de mariage. Pour abréger nos souffrances respectives.

— Tu as divorcé, dit Olivier en tombant des nues. C'est une décision grave...

— Mais pleine de bon sens au regard de la situation,

rétorque Julien. Elle intervient dans un mutuel consentement et une très bonne entente. Nous tombons d'accord sur tous les points, signe de notre bonne intelligence. Cette décision aurait dû être prise avant. Cela peut paraître déplacé de dire que nous sommes soulagés. Il fallait percer l'abcès et impulser le mouvement. La procédure est engagée et promet de durer au moins jusqu'à l'automne, selon les avocats. En effet, il est assez facile de se marier ; pour divorcer, c'est autre chose !

— Tu donnes l'impression d'une certaine sérénité, presque un détachement face à cette mesure qui finalise une rupture complète, s'indigne presque Olivier.

— Je comprends ton désappointement. Tout d'abord, chacun de notre côté, nous savions qu'il fallait faire bouger les choses. La réflexion a mûri lentement, sans préparation commune. C'est par hasard que l'évidente conclusion s'est imposée, lors d'une concertation au sujet de l'école de mon gamin. Et là, tout est sorti : ce qui n'allait pas entre nous ; les clivages ; la reconnaissance de nos erreurs ; comment on en était arrivé là. Nous avons discuté durant des heures et j'ai retenu surtout l'aspect positif de cette séparation : un dialogue constructif avec la volonté de bien faire les choses. Sauvegarder l'intérêt du petit et conserver des relations chaleureuses, comme deux parents responsables. Voilà notre objectif. Nous nous sommes aimés et avons partagés de grands moments ensemble. Je garde pour mon épouse une tendresse que le divorce n'effacera pas, au nom de notre histoire commune. Ce n'est donc pas une rupture, comme tu le prétends, je dirais une forme de résurrection pour nous deux. Elle va pouvoir refaire sa vie, si elle le désire.

— Et toi ? demande Olivier d'une voix anxieuse.

— La question n'est pas d'actualité. Ne te fais pas de souci pour moi. Je vais super bien.

Julien se demande si sa démonstration a eu l'effet escompté devant l'aspect sceptique d'Olivier. Il peaufine la seconde partie de son argumentaire, celle qui doit faire mouche pour emporter le suffrage de son ami.

— Je rigole ! Franchement, Olivier. Lorsque tu me vois, dis-moi à quoi je te fais penser ? Mauvaise question ? Encore que. En fait, je la réitère, mais en choisissant d'autres destinataires, les collègues du collège par exemple. Tu glisses un questionnaire dans leur casier, en demandant une réponse anonyme, où ils sont invités à citer des mots spontanés pour me décrire. Tu compiles ensuite les résultats pour réaliser ta synthèse. D'après toi, on arriverait à quoi ? Ne te tracasse pas, je vais faire le travail pour toi, sans donner de pourcentages, puisque l'exercice est fictif. Dans un ordre aléatoire, nous aurions une probabilité d'avoir entre autre, pour les moins péjoratifs : méprisant, inadapté, solitaire, personnel... Dans la gamme au-dessus se glisserait : infecte, abject, névrosé... Je passe les noms d'oiseaux afin d'éviter un inventaire trop surchargé. Je vois, à raison, que tu ne protestes pas, constate-t-il dans un haussement d'épaules. Si je suis rebelle aux échos de la salle des professeurs, je ne suis pas complètement coupé de ma propre réalité, car je la subis quotidiennement. Dans l'établissement et en dehors. Je ne conteste pas une nature timide si je ne connais pas les gens. Aussi, je demeure sur mes gardes face à l'inconnu. Donc, compte tenu de la déliquescence du cocon familial, j'ai accentué ce phénomène de rejet des autres, même si ce n'était pas mon inclinaison première. Quand les repères sont perdus, tu te blindes pour résister à tous les éléments extérieurs. Je suis devenu cet être déprimé, suspicieux, hyper émotif. Un conseil : surtout ne jamais montrer ce dernier aspect de ta personne. Cette faille sera exploitée, crois-en mon expérience. Alors, reconstruire quelque chose un jour n'est pas dans l'ordre des choses. C'est moi qui dois d'abord subir une complète et longue reconstruction. Quant à ce divorce qui te déplait, je le prends comme une bouffée d'oxygène, un mal pour un bien. Le moyen de sortir de la longue hibernation dans laquelle j'étais plongée. Si je m'abuse, c'était un de tes souhaits les plus chers, achève Julien d'un air satisfait.

Olivier ne sait quoi répondre devant la dialectique employée par son ami. Pour faire bonne mesure, et ne pas afficher de divergences avec lui, il préfère ne pas débuter un débat sur les inconvénients d'un divorce. En revanche, il s'interroge sur la suite, au niveau pratique.

— Olivier, ne te bile pas pour moi. Jusqu'à la fin juin, nous occupons le même logement. Dès le mois suivant, j'emménagerai dans un appartement. Il faut que j'accélère la recherche, mais je n'arrive pas à me décider sur le lieu. Faire comme actuellement, c'est-à-dire loin du collège, afin d'éviter de rencontrer les parents d'élèves et leur marmaille au supermarché du coin ; ou je me rapproche pour limiter les temps de trajet, avec l'inconvénient que je viens de mentionner auparavant. Pff, je ne suis pas motivé par des visites pour le moment.

— Il y a pourtant urgence, s'exclame Olivier, les pieds sur terre. C'est dans deux semaines ! Je te proposerais bien de venir à la maison, si tu te trouvais dans l'embarras. Cependant, cela va être compliqué de convaincre ma femme d'accepter de t'héberger.

— Ne te fais pas du mouron pour moi. C'est dans le pire que je suis le meilleur ! Et en cas de problème, la solution de l'hôtel existe, sans oublier celle du canapé chez ma future ex-épouse. Cela fait drôle d'employer cette formule, achève tristement Julien.

Après s'être levé, il prend mes mains et les emprisonne dans les siennes un instant, avant de me donner une franche et longue accolade, plus fraternelle qu'amicale, tout en me remerciant pour tout ce que je lui avais apporté. Il insiste sur le mot amitié. Une arrivée inopinée dans la classe aurait pu prêter à confusion sur la scène. Sitôt l'étreinte achevée, il me fait aussi la bise. Je pars assez bouleversé par cet au revoir très théâtral. Quand la porte se referme, j'ai cru distinguer des larmes, sans pouvoir l'affirmer avec certitude, en raison de la pénombre dans laquelle était plongée la salle.

Un vent puissant vient de se lever, secouant violemment les branches des arbres. Les gros nuages noirs annoncent l'arrivée imminente d'un orage. Au loin, le tonnerre gronde et le ciel se zèbre d'éclairs.

*

J'étais loin d'imaginer que cette rencontre allait être la dernière. Certes, j'ai revu Julien en coup de vent. Avec le brevet, l'organisation de l'emploi du temps au collège a été modifiée et les corrections ont accaparé les personnels réquisitionnés. A l'issue de cette période chargée, le nom de Julien est apparu sur la liste des absents pour raison médicale. Etonnant de la part d'un homme jamais malade depuis sa prise de fonction, il y a deux ans. Comme quoi, même les personnes les plus robustes ne sont pas exemptes de soucis de santé. En tout état de cause, cela n'a pas perturbé le service puisque les élèves ont regagné leur domicile, pendant que leurs enseignants s'attelaient à préparer la prochaine rentrée.

Lors du pot de départ, je m'attendais à le voir faire une courte apparition. J'étais bien le seul dans ce cas. Peine perdue. Après le classique discours de sortie, ce fut la curée sur les morceaux de pizza et de quiche, promptement avalés par des bouches très affamées. Servi dans des gobelets en plastique, un vin de table rinçait les gosiers assoiffés. L'ambiance bruyante ne troublait en aucun cas les professeurs, dissipés en prévision du départ en vacances d'été. Sans trop me tromper, je pense que Julien n'aurait pas du tout apprécié cette journée.

8

Julien n'a pas fait la prérentrée en septembre. Le principal s'est borné à constater l'absence et il a suivi le programme du jour. Après l'assemblée plénière, les collègues ont été répartis dans des ateliers de réflexion sur la prise en compte de la difficulté scolaire et les moyens d'y répondre. De mon côté, emporté par l'élan collectif, j'ai fait connaissance des nouveaux collègues, afin de leur présenter les particularités du collège et de les accueillir dans un esprit courtois. J'ai aussi ausculté les listes des élèves, à l'affut de quelques noms à cadrer dès le début, mais le cœur n'y était pas.

Le chef d'établissement a réagi immédiatement à cette fâcheuse absence dès la rentrée. Après avoir tenté en vain de le joindre par téléphone, puis par la messagerie, il a contacté sa hiérarchie. Les autorités académiques ont pris le relai en entamant les procédures réglementaires dans ce type de cas. Ainsi, pour que le début d'année s'effectue dans de bonnes conditions, une jeune remplaçante a été affectée sur son poste, le temps de clarifier la situation. La communauté éducative s'est réjouie de cette opportunité, d'autant plus que la néo-titulaire recrutée disposait de sérieux atouts. Outre sa jeunesse et son absence de timidité, sa pétulance a rallié l'adhésion de tous. Quel contraste avec l'odieux collègue précédent. « Son absence est inadmissible, il mérite une sévère sanction administrative. De quel droit ce monsieur s'octroie-t-il des vacances supplémentaires » médit une habituée des commérages. J'ai reconnu la vieille fille aigrie qui n'a jamais digéré la répartie assassine d'un Julien ulcéré par ses continuelles remarques négatives : il lui avait cloué le bec, sans égard à son âge vénérable, lors d'une présentation des nouveaux programmes de sa discipline. Elle lui en avait tenu rigueur. Depuis, elle était à la tête de la moindre cabale envers lui.

A mon tour, j'ai décidé de ne pas rester inactif. Déjà pendant les vacances, j'avais essayé de le joindre et je m'étais aperçu que je ne disposais pas de ses coordonnées, en dehors de celles de la plateforme mise en place par le conseil général, à travers l'environnement numérique de travail. Or, cette dernière a été en maintenance une partie des vacances. Il faut dire aussi que peu d'enseignants l'utilisent pour les contacts privés. Cette absence prolongée m'a troublé et j'étais déterminé à rencontrer au plus tôt le principal. Celui-ci a admis son impuissance face à cette situation, inédite pour lui, tout en regrettant de ne pouvoir m'aider. Il a néanmoins consenti à distiller que l'épouse de Julien ignorait où il demeurait depuis leur séparation récente, changement matrimonial qu'il venait de découvrir. Il m'a confié cette information sous le sceau du secret et j'ai feint l'étonnement. Il avait eu vent, je suppose par des sources bien informées, que nous étions proches. Je n'ai pas démenti ces rumeurs, tout en mentant sur l'importance exacte de notre entente. Porté par mon intérêt, il m'a signalé que la police et la gendarmerie avaient engagé des recherches et un appel à témoin sera lancé prochainement. Pour l'instant, Julien figurait sur la liste des personnes disparues et l'enquête continuait. Avant de prendre congé, je lui ai exprimé mon étonnement que l'ensemble des personnels n'ait pas été prévenu, même brièvement, des premiers éléments connus. En dépit de tout ce que l'on pouvait penser de lui, il était toujours, jusqu'à nouvel ordre, membre de l'équipe pédagogique. Peut-être était-ce pour se faire pardonner cette maladresse, toujours est-il que j'ai réussi, en insistant un peu, à lui soustraire le numéro de téléphone de l'épouse de Julien.

*

J'ai obtenu facilement un rendez-vous avec celle qui demeure officiellement, dans l'attente du jugement, l'épouse de Julien. Elle me reçoit avec beaucoup d'amabilité, en présence de son fils, occupé à assembler des lego dans un des coins du vaste séjour. J'ai remarqué tout de suite sa prestance et le bon goût de sa tenue vestimentaire. Sophie, puisqu'elle

115

s'était présentée de cette manière, m'a mis à l'aise en entamant directement la discussion.

— J'ai accepté de vous recevoir parce que Julien pense beaucoup de bien de vous, dit-elle sans ambages d'une petite voix. J'ai eu droit depuis le mois de juin à un récital de compliments sur vous. Olivier par-ci, Olivier par-là. Si vous saviez les éloges qu'il vous décerne.

— Je suis flatté et honoré de compter parmi ses amis, ses rares amis, d'après ses dires, rougit légèrement Olivier.

— Il est vrai qu'il est considérablement renfermé depuis quelques années, devenant hyper sélectif sur ses fréquentations. En revanche, si vous entrez dans ses vues, il sera un ami dévoué et prêt à remplir les devoirs liés à cette notion. Vous savez qu'il tient énormément à la valeur de l'honneur ? Il se lamente parfois sur son déclin.

— J'ai pu observer tout cela au collège. En fait, Julien est un véritable phénomène, ne prenez pas ombrage de l'emploi de ce mot, se justifie Olivier. Si j'ai pris la liberté de vous contacter, c'est dans le but de comprendre cette disparition inexpliquée. Tout le monde s'en fout au collège, il a déjà été remplacé dans les classes et dans les cœurs. Je souhaite seulement honorer l'amitié dont il m'a gratifiée, sans faire une intrusion dans votre vie privée. En vérité, je dois vous dire qu'il m'a mis au courant de votre situation conjugale difficile.

— C'est tout Julien, approuve Sophie en secouant légèrement la tête. Il n'est pas cachotier à partir de l'instant où il a senti qu'il pouvait vous faire confiance. Ce n'est pas un instinctif : vous avez certainement remarqué la lenteur des progrès pour arriver à sceller votre amitié. Je lui accorde cette faculté de repérer chez les personnes des traits de caractère. Ne me demandez pas comment il fait, s'empresse-t-elle de rajouter. Pour ce qui concerne notre divorce en cours, il y avait urgence à décanter le chaos dans lequel nous vivions. Il était malheureux et se ruinait la santé.

— Je ne veux surtout pas vous tourmenter en insistant sur cette phase douloureuse. C'est le déroulé de ses occupations depuis la fin du mois de juin qui m'intéresse. J'imagine que la police vous a déjà interrogé sur ce point. Par exemple, il devait prendre un appartement.

— Chose qu'il n'a pas faite, enchaîne Sophie, sans me laisser le temps de continuer. Les enquêtes auprès des agences immobilières n'ont rien donné. Pas de transactions bancaires depuis fin juin, ni de connexions sur son compte internet. Son téléphone est désactivé et non géolocalisable. Les aéroports ont été sollicités, sans succès, y compris ceux des pays limitrophes. Aucun patient lui ressemblant n'a été admis dans les hôpitaux.

— Mais on ne s'évapore pas comme cela ? On laisse toujours des traces de notre passage dans une société aussi surveillée, peste Olivier devant l'échec des recherches, cette incroyable inefficacité des actions menées.

— Effectivement, confirme Sophie. Il existe une vidéo où on le voit quitter à pied, sans précipitation, un parking souterrain de Lyon avec un sac à dos. L'enregistrement datait du 1er juillet et la voiture était garée parmi les autres véhicules. Depuis, plus rien.

— Il ne peut pas avoir été enlevé, il y aurait eu un

contact, formule Olivier. Dans ce cas, il reste peu d'éventualités : l'accident suite à une balade, ce qui ne correspond pas aux indices dont nous disposons, ou...

— Ou quoi, intervient Sophie.

— Il ne reste alors que la fugue, ose prononcer Olivier. Mais c'est complètement grotesque ! A son âge, et pourquoi ?

— Je ne vous cache pas que cette possibilité est plébiscitée par la police. Il est inscrit au fichier des personnes recherchées. Chaque année, plus de 50 000 personnes disparaissent et une dizaine de milliers d'affaires restent non résolues. Vous vous rendez compte de ces nombres. Comme vous, je trouve cette éventualité aberrante, d'autant plus que j'ai trouvé Julien en bonne forme, serein comme au temps jadis. Sophie renifle et s'excuse en se mouchant. Je ne me suis pas inquiétée de l'absence de coups de fil durant les vacances. Avec la séparation, je savais qu'il avait beaucoup de choses à faire. Et puis, ce n'est pas un grand communiquant. Dans ses voyages en solitaire, je ne reçois pratiquement jamais de messages. Il amène son téléphone et son iPad seulement pour des besoins liés à son séjour, comme consulter des cartes, lire la version numérisée d'un guide, faire une réservation. Avec Julien, c'est toujours la même formule : pas de nouvelles, bonnes nouvelles. Elle se mouche de nouveau. Pour l'été, il s'était mis en tête de traverser l'Australie en stop d'est en ouest, en flânant.

Je n'osais pas l'informer que cette destination divergeait de celles exprimées dans l'entretien de juin avec Julien. Elle se lève pour préparer le goûter de son enfant. J'en profite pour m'approcher de trois grands tableaux. Riches en couleurs, ils contrastent avec les murs immaculés. En connaisseur avisé, j'apprécie un travail au pastel représentant des femmes dans le style de Modigliani. En bas à droite, la date et les initiales de Sophie. Sur les meubles, des photos d'elle et de son fils. Souvent aussi ce dernier tout seul. Julien apparaît une fois, en arrière-plan. Elle revient, chargée d'un plateau avec du thé et des biscuits dans une assiette.

— J'espère que vous l'apprécierez. Julien l'a ramené de Chine, sourit Sophie en disposant le tout sur la table basse qui nous sépare. Cette remarque me pousse à avancer mes pions vers une question brûlante.

— Vous a-t-il raconté son séjour, tout ?

Loin d'être décontenancée, elle montrait un calme étonnant.

— Vous faites allusion à cette jeune femme. Marilou. Un prénom facile à retenir. Je vous confirme qu'il m'en a beaucoup parlé. Dès son retour de Chine, j'ai compris qu'un souci persistant le dérangeait. Il était complétement troublé, en proie à un chagrin tenace. Je ne l'ai pas forcé, il n'a rien voulu cacher. Son besoin de parler d'elle était trop grand. D'avance, il savait qu'il aurait mon indulgence. Quand il a ouvert le robinet de la parole, il est devenu intarissable à son sujet. Puis le robinet s'est refermé aussi sec.

— Je pense que c'était juste une toquade passagère, déjà oubliée, avance Olivier avec certitude, pour la rassurer.

— Alors, vous ne connaissez pas encore très bien Julien, répond Sophie, étonnée de mon ton péremptoire. C'est un homme qui ne s'entiche pas à la légère. Il est trop difficile à amadouer. Si vous y êtes arrivé, c'est parce qu'il l'a voulu. Non, je ne pense pas que cette fille était une lubie passagère. Son état d'excitation, mêlé d'abattement, a forgé ma certitude qu'il était vraiment accroc. Au début, j'ai éprouvé une certaine joie devant son euphorie, avant de déchanter à la suite de l'histoire. Après, j'ai eu mal pour lui en le voyant s'effondrer les mois suivants.

Elle but une gorgée de thé, tout en jetant un œil aux activités de son fils, maintenant occupé avec du matériel de dessin. Elle tamponne ses lèvres avec une serviette de papier.

— Julien est en mesure de contrôler avec brio ses sentiments. Il faut imaginer qu'il est capable de rester froid devant miss monde, dit-elle hilare. Plus sérieusement, si cette demoiselle a capté son attention, elle est hors catégorie, si vous me permettez l'expression.

— Pardonnez ma curiosité, mais vous semblez si compréhensive, avec une absence d'aigreur. Vous étiez pourtant mariés.

— J'ignore ce que Julien a pu vous dire exactement sur notre couple. L'essentiel, je pense. Notre objectif a toujours été la recherche du bonheur. Cela a été le cas jusqu'à ce que le tourbillon de la vie nous entraîne vers des voies séparées. En restant ensemble sous le même toit, en dépit de l'éclatement des liens, dont notre entourage a été maintenu à l'écart, nous ne nous sommes pas interdits d'être heureux, chacun de notre côté. D'où un idéalisme libertaire. Sans vous offenser, n'envisagez pas une seconde de sa part l'adoption d'un comportement libertin. Il est trop prude et attaché à ses valeurs pour cela.

Un miaulement détourne mon attention. Deux magnifiques chats entrent majestueusement dans la pièce. En prenant leur temps. Un étirement et un bâillement plus tard, ils viennent se frotter aux jambes de leur maîtresse.

— Quelles bêtes splendides, complimente Olivier, admiratif devant leur caractère racé.

— Julien les adore. Ce sont ses tigres de salon, il se plait à les présenter de cette façon. Félins et câlins à la fois. Nous les avons ramenés de l'Ile Maurice quand il a eu un contrat dans ce pays. Il les a recueillis à peine sevrés, s'en occupant comme des bébés. Encore aujourd'hui, il les brosse et veille à leur bien-être.

Pendant le reste de notre discussion, j'ai pu admirer les deux fauves, prélassés sur le canapé, en train de faire leur toilette. La courte interruption n'a pas fait dévier les propos initiaux.

— J'espère que vous n'êtes pas choqué, insiste Sophie. Par rapport à ce que je viens de vous dire, je ne le soupçonne pas d'avoir eu une liaison extraconjugale. Cela ne reflète pas son tempérament très droit. Et quand bien même, que pouvais-dire ? Depuis des années, notre union bat de l'aile. Julien a été très patient afin de lui donner peut-être la chance de repartir. En fait, c'est le contraire qui est arrivé. Et il s'est replié sur lui-même en cultivant une animosité envers sa vie, même son travail. Sans devenir complètement ascète, il a limité les sorties et a ressorti des livres, abandonnant l'envie de maintenir un semblant de lien social. Il ne comprenait pas son impuissance à modifier le cours des choses. Ce faisant, il s'est installé dans une grosse dépression, avec le refus absolu d'une aide du corps médical. Il a toujours refusé un support extérieur, tout devait venir de lui, dans l'attente d'un déclic. Il emploie constamment ce mot, sans lui donner une signification claire. Je crois qu'il ne sait encore ce que c'est. Il cherche la solution. Connaissant Julien, il va trouver.

— D'après vous, la rencontre avec Marilou, aurait-elle été ce fameux déclic, demande Olivier. Conscient de cet amour irréalisable, il a préféré la fuite et éviter de retomber dans un marasme qui aurait fini par l'anéantir totalement. Enfin, je suppose tout cela.

Sophie reste interloquée par ma question et la suite de mon raisonnement. N'ayant pas envisagé cette possibilité, elle demeure très pensive.

— Quand il reviendra, nous aurons le fin mot de l'histoire. Je table sur une résolution de ce mystère, avec l'espoir d'une fin heureuse. Je m'accroche aux petits indices qui vont dans une voie positive. Il adore les voyages et puis il voulait compiler toute la discographie de Dire Straits, un de ses groupes préférés. Il évoquait sa volonté de réécouter les chansons de Véronique Samson, dont la voix l'émeut. Ce n'est pas le comportement d'un individu au bout du rouleau. D'ailleurs, venez voir son bureau, il est resté en l'état, je n'ai rien touché.

Elle m'entraîne dans une pièce assez grande. Au fur et à mesure que le store électrique s'élève, je découvre un véritable capharnaüm d'objets en bois. On aurait dit l'annexe d'un musée ou d'un antiquaire. Les étagères croulent sous les livres et la moindre place est occupée par des boites de toutes tailles. Des masques africains de belle facture s'alignent sur le mur comme une armée de sentinelles veillant sur leur général. Des dossiers couvrent le bureau proprement dit, laissant à peine de la place pour un ordinateur. Et encore des articles hétéroclites. Que dire du sol jonché d'une profusion de bibelots. Je remarque distinctement une pipe. Serait-ce celle ramenée de Chine ?

— Je suis époustouflé par cet endroit, on dirait une caverne d'Ali Baba, s'émerveille Olivier. Il reste encore pas mal de rangement à faire.

— C'est pour cela que je suis sceptique sur une fugue préméditée, intervint Sophie. Il tenait à remettre de l'ordre dans ce fouillis et récupérer certains objets auxquels il tenait particulièrement.

Dès la première sonnerie du téléphone, elle s'est précipitée en me laissant en plan. Elle est revenue avec le combiné à la main, m'informant qu'elle risquait d'en avoir pour un long moment. J'ai pris congé, non sans l'avoir remercié et assuré de ma sympathie, ainsi qu'un soutien sans faille. Elle ébauche un sourire triste et m'avoue enfin son inquiétude, doublée d'une culpabilité de ne pas avoir réagi plus tôt.

*

Olivier demeura dans sa voiture à méditer avant de démarrer. Il ne se sentait pas suffisamment sûr de conduire en réfléchissant de façon intense. Cette rencontre a été nécessaire, même si au final il n'a rien appris de tangible. Avant de partir, il a eu le bon réflexe de laisser sa carte de visite sur la table, espérant être tenu informé de la suite. Il repensait aux propos de Sophie et nota une grande convergence avec ceux de Julien au sujet de la fin de leur mariage. Néanmoins, quelques omissions chez les ex-conjoints révélaient qu'en amour la vérité de l'un n'était pas toujours celle de l'autre.

Il prit le chemin du retour et roula à faible vitesse, n'arrivant pas à évacuer des idées morbides récurrentes, dramatisant à outrance chaque information. Il se disait que Sophie avait fait preuve de contenance et d'une grande dignité. Cependant, derrière cette femme solide se profilait les peurs inhérentes des personnes dans l'attente de réponses à leurs nombreuses questions. Quand il franchit le seuil de la maison, Olivier se planta devant sa femme : « Je viens de rencontrer l'ex-épouse de Julien. Il a disparu depuis des mois. » Avant qu'elle n'ait eu le temps de réagir, il la prit dans ses bras et la serra tendrement en éclatant en sanglots. « Je t'aime » parvint-il à prononcer.

9

Julien marche désormais avec une allure nettement moins soutenue, se frayant péniblement un passage entre les branches des arbres. Il profite du ciel dégagé de ce début d'été pour essayer d'anticiper les obstacles. Il s'agit de ne pas trop réduire la moyenne. Il commence à s'habituer à ses déplacements de nuit. Sa vision, loin d'atteindre celle d'une hulotte, capte assez de clarté pour lui indiquer la route à suivre. Sa cadence n'a jamais réussi à atteindre les objectifs initiaux, soigneusement établis avant le départ. De même, la préparation physique intensive n'a pas été suffisante. « Tout cela à cause d'un sac à dos trop lourd, non utilisé pendant les phases d'entraînement. Je pensais vraiment que la charge de travail m'aurait permis de faire mieux. J'ai présumé de mes forces, » maugrée-t-il. Les muscles tétanisés par l'acide lactique, il multiplie les arrêts afin de soulager les crampes dans les mollets. Quant aux articulations, à l'unisson de toute la mécanique, elles surchauffent. Sans deux ampoules à vif sous la plante des pieds, Julien aurait pu faire abstraction de ses multiples maux. Elles le tenaillent pour lui rappeler que cette randonnée n'est pas une partie de plaisir. Son ennemi juré, ce sont les perfides racines, invisibles lassos qui stoppent brusquement son élan et l'entraînent à terre. Il sait qu'il doit s'attendre à d'autres soucis capables d'ajouter des stigmates supplémentaires sur son corps déjà bien marqué.

Le sort s'acharne sur lui dans ce chemin de croix qu'il endure du coucher au lever du soleil. En effet, il doit lutter contre la fraîcheur nocturne, vêtu de son unique t-shirt et d'un mince coupe-vent. A vouloir circuler léger, il s'est constitué un paquetage sommaire, réduit à la plus simple expression, à savoir des aliments et une gourde d'eau qu'il remplit à l'occasion, lors du franchissement de rivières. Pour ne pas grelotter, il faut avancer et la marche sportive s'est avérée au fil des jours un vrai parcours du combattant. Franchir des clôtures, grimper sur des murs, se relever, s'aplatir au sol, accélérer, ralentir le pas, autant d'actions qu'il répète durant la nuit. Elles font partie de son lot quotidien et pompent son énergie. Quand un problème est résolu, un autre se dresse, autant d'embuches qui rallongent la distance et augmentent son calvaire.

Il s'était fixé une direction plein ouest, un trait tiré sur une carte. Elle impliquait des détours sans fin pour d'éviter les bourgades et autres concentrations humaines. « Cela commence à faire long, mais je dois résister, se motivait Julien. C'était devenu son leitmotiv pour ne pas flancher.

Résister jusqu'au but ultime de cette expédition.

Au petit matin, parfois avant, Julien s'affaisse comme une masse, après avoir soigneusement choisi le taillis dans lequel il passerait la journée, à l'abri des regards. Même un sanglier aurait du mal à se frayer un passage dans son repère. Dire qu'il se repose serait exagéré. L'accumulation de fatigue l'empêche de dormir à poings fermés. Au mieux, il somnolera par intermittence, les sens aux aguets. Les jambes étirées, sa carcasse tente de récupérer des traumatismes infligés. Même la position fœtale qu'il affectionne demande des efforts qui ravivent sa peine. Seul un repos dans un vrai lit, assorti de soins, pourrait apporter du baume à ce corps perclus de douleurs. « Le cheval de feu est devenu un canasson proche de l'équarrissage », pensée qui effleure Julien, conscient de son triste état.

Il suffit de voir son visage pour comprendre le laisser-aller : des poches sous les yeux, les dents non brossées, une barbe qui commence à prendre de l'ampleur, les cheveux hirsutes. Quant aux vêtements, ce sont les mêmes depuis son départ de Lyon, salis par les diverses péripéties intervenues ces derniers jours. Nul besoin d'être mage pour deviner qu'il ne s'est pas lavé, sauf quelques rapides débarbouillages. Un homme des bois pour certains. Une régression de l'humanité pour d'autres.

Il profite généralement du répit pour faire le bilan de la nuit écoulée, se félicitant de ses capacités à se fondre dans la nature au moindre danger. Il a pu déjouer les automobilistes en se fiant au bruit des moteurs ou aux halos lumineux des phares des voitures. Surtout vite se tapir, et ne pas faire comme ces animaux pétrifiés à la vue de ces derniers. L'important est de passer totalement inaperçu, se mouvoir dans la nuit telle une ombre.

*

Julien tient en pensant à elle, comme il le fait depuis janvier. Six mois déjà. Six longs mois que Marilou habite en lui, du matin au soir. Les nuits aussi. Souvent, il se surprend à parler tout seul. « Petit chaperon jaune, donne-moi le courage d'accomplir ma destinée. Tu es la drogue qui me maintient à flot. Je suis égaré dans ce monde sans intérêt, un naufragé agrippé à un radeau de survie, guidé par un phare. Toi. Tu m'accompagnes dans ce voyage. Ton nom est tatoué dans mon cœur. » Il a besoin de libérer la parole pour faire baisser la pression qui le comprime. Comme un poinçon appuyant à chaque battement, égratignant au passage la chair. Ce picotement répété perfore l'organe d'où la vie s'échappe lentement. Olivier n'est plus là pour l'écouter et le réconforter. « Le pauvre a dû supporter mes états d'âme et devenir mon analyste. » A qui d'autre aurait-il pu exposer son désarroi ? A Sophie, il avait fait une présentation de Marilou, après qu'elle ait expressément insisté. Il s'était exécuté en donnant suffisamment de détails pour signifier combien elle représentait une perfection. Sophie lui avait pris machinalement le bras dans un geste rassurant. Compatissant serait plus juste.

Peiné, il repense à Olivier. Avoir dû tricher et mentir

pour ne pas le blesser. Lui faire croire que la branche pourrie était saine. Donner l'illusion que tout allait bien, alors que le pire était en marche. J'ai employé ce que font souvent les gens. Ce n'est pas glorieux et je n'en retire aucune satisfaction. Je devais montrer une façade redevenue acceptable. Sans laisser entrevoir le délabrement intérieur, irrémédiable selon mon diagnostic. Un dynamisme retrouvé, une envie de vivre et de me projeter vers le futur.

Je ne sais quel miracle contribue à me faire encore supporter le poids de ma déchéance. En fait, je sais. Je ne suis pas déprimé, comme je le supposais, plutôt désespéré. Les mots sont impuissants pour exprimer mon ressenti. Avant, je n'étais pas grand-chose, désormais je ne suis plus rien. Plongé dans un vague coma depuis des lustres, j'en suis sorti le temps d'une éphémère ivresse sentimentale en Chine, avant de retrouver la mélancolie, ma nouvelle compagne. Je dois vivre avec le vide insondable qui me sépare de l'être aimé. Vraiment, la solitude n'est pas bonne pour les âmes sensibles. L'existence devient futile sans buts, pendant que poursuivre des mirages entretient les déceptions.

Julien a dû s'assoupir, c'est du moins ce qu'il pensait car le soleil paraissait moins haut. Il pouvait sortir maintenant la pochette contenant les notes préparatoires, avec des informations utiles et la mention du trajet prévisionnel. Il avait ajusté celui-ci en fonction des circonstances et, pour cela, il remerciait la précision des cartes IGN. Pour s'occuper, il fait revivre la genèse de ses préparatifs. L'arrêt maladie a été une aubaine pour planifier les détails. Son projet mûrissait depuis un certain nombre de semaines et quoi de mieux que les vacances scolaires afin de le mettre en œuvre. Le plus pénible n'a pas été de quitter le domicile pour réaliser de menus achats. Il fallait surtout éviter l'utilisation de l'ordinateur personnel qui aurait laissé des traces de mes recherches. A l'heure où presque tout le monde en possède un, trouver un cyber café relève de l'exploit. A force de détermination, il est parvenu à faire le tour des lieux proposant des services informatiques. Une seule requête à chaque fois. En compilant les renseignements essentiels, il avait de quoi baliser, du moins visualiser les endroits où faire des haltes. Depuis, nonobstant les événements imprévisibles, en particulier les pépins physiques, il était sur la bonne voie, proche de l'ascension finale.

*

Encore quelques efforts. Mettre fin à ce calcaire. Les jambes ne le supportent plus. Le genou gauche est enflé et la voute plantaire lui donne la sensation de marcher sur des braises. Une pause dans un verger apporte un court répit. Les quelques fruits maraudés complètent un régime alimentaire réduit afin de rationner les dernières provisions. Avec un estomac calé, la progression semble plus aisée. Mais l'optimisme espéré s'évanouit à mesure que les chutes aggravent la situation, contribuant à meurtrir le corps sous le coup de multiples commotions. Le passage à proximité d'un roncier a lacéré le dos de son coupe-vent, pièce de tissu devenue un attribut dérisoire face aux éléments. Le sort s'acharne sans le détourner de son dessein. Il voit dans cette accumulation de malchance le signe de la justesse de son pèlerinage. La douleur subie est une juste composante de ce voyage initiatique. Julien est si familier de la souffrance morale qu'il accepte les nouvelles plaies. Il se soumet en serrant les dents. Il espère bientôt atteindre son nirvana en échappant à l'enfer et à la répétition du cycle de peine qui le colle depuis trop longtemps. Il a choisi de mettre un terme à ses angoisses existentielles et ne plus subir les outrages de sa vie sans réagir. En rejoignant un monastère bouddhiste, comme il l'avait envisagé dans un premier temps, il aurait fallu accepter de se plier à des règles. Or, son extrême lassitude lui interdisait la solution de la soumission.

Julien croit au pouvoir de l'esprit quand aucun carcan ne vient annihiler la volonté. Il pense qu'il doit trouver le salut par sa propre volonté. Comme il a arrêté de fumer du jour au lendemain, sans patch ni molécules chimiques ; comme il s'est affranchi des anxiolytiques en jetant un matin les boites de son asservissement. Pour le mal qui le ronge, il n'ignore pas que rester seul permettrait peut-être de cautériser la plaie, en surface, momentanément, sans toutefois soigner en profondeur les racines. La souffrance continuerait en germe. Au fond de lui, il sait qu'une opération d'envergure peut définitivement le sauver des tourments qui l'assaillent. Elle est en marche.

*

Julien s'affale dans un bosquet, totalement épuisé. Il ne prend plus la peine de calfeutrer les abords pour dissimuler sa présence. A quoi bon. Il n'y a presque personne dans ces terres éloignées de la civilisation. Mû par un réflexe, il tend tout de même le bras et rabat une branche. Moins dissimulé par la frondaison des arbres, le soleil fait une percée rapide et inonde de lumière son modeste abri. Il fait déjà chaud et la transpiration provoque des démangeaisons au niveau de la barbe. Il a conscience de sentir mauvais et méprise sa déchéance. Il tourne dans sa litière, à la recherche de la meilleure position. Il parvient à sommeiller et entame un rêve, lancinant et obsédant à la fois. C'est toujours le même qui se répète en boucle. Julien déambule dans une rue déserte et une silhouette vient à sa rencontre. Avant qu'il parvienne à voir le visage, elle tourne le dos et revient sur ses pas. Néanmoins, en reconnaissant la veste noire et jaune, il la suit et accélère pour la rejoindre, sans y parvenir. Il l'appelle : « Petit chaperon jaune, de quoi as-tu peur, je ne te veux pas de mal, seulement de parler, attends-moi. » A force de courir, il s'épuise et finit sa course à genoux sur le bitume, haletant. Elle a encore disparu. Prostré, il interprète cet échec par la volonté d'une force maléfique voulant faire obstacle à la rencontre, et donc à son allégresse. Le sort s'acharne sur lui et il se sent maudit. Ses lamentations envahissent son repère sans trouver un écho charitable.

Chaque réveil se fait en sursaut et des gouttelettes perlent sur son front légèrement chaud. Il n'y avait pas d'avancée. Le rêve tourne au cauchemar. Il devrait y avoir une évolution afin de donner un espoir, si mince soit-il.

Pourtant, il se rendait à l'évidence que le script était figé sur des scènes répétitives qu'il ne pouvait modifier. Il existe des exclus du bonheur et Julien se plaçait dans cette liste noire. Le guide avait été placé entre ses mains sans qu'il ait compris la notice explicative. Il a pourtant connu un temps où il n'était pas prétentieux de croire aux amours impossibles. C'est pourquoi, son utopie l'avait entraîné à soutenir la cause homosexuelle, en lui attirant les foudres de pseudo amis, à une époque pas encore prête à accepter des situations jugées contre nature. Au nom du droit à la liberté de choix. Les textes législatifs avaient acté les progrès de la vision des gens.

Pour sa situation particulière, il n'ose plus rien dire, si ce n'est qu'il a espéré le meilleur et que c'est le pire qui l'attend. Je sais que Marilou n'est pas très tactile, mais je donnerais tout pour un hug, la tenir dans mes bras et m'abandonner, prendre sa main la plus proche et pleurer. « Tu es trop cérébral », dirait Olivier, ma petite voix optimiste pour qui s'accrocher à une mince parcelle d'espoir est le propre de l'homme. Ce cher Olivier, heureusement qu'il ne pouvait contempler les effets dévastateurs de la marche forcée, conjuguée au jeûne imposé par l'épuisement des victuailles.

Il ne restait plus qu'une étape et le sac à dos ne contenait plus que les papiers, une petite paire de jumelle et la gourde, elle aussi à l'étiage. Pendant la journée de repos, Julien a passé une fois encore son temps à se mortifier, comme s'il souhaitait mettre son esprit au niveau de son corps décati.

*

La dernière nuit de marche fut épouvantable, l'épreuve tant redoutée. Il avait anticipé en se confectionnant une canne à l'aide d'une branche de noisetier. Elle pliait parfois, au risque de se rompre, dès que la pente devenait plus abrupte. Anesthésié par la fraîcheur, le fringuant marcheur du début du mois de juillet avait laissé la place à une forme émaciée qui peinait à mettre un pied devant l'autre. Plus besoin de pester contre les pierres, les racines, les branches qui jalonnaient la voie. Il n'en avait plus la force. Seul lui importait d'arriver au sommet pour crier victoire.

Quand le soleil darda ses premiers rayons, Julien frissonnait. Pas en raison de l'excitation d'avoir réussi son pari et de pouvoir contempler un petit paradis terrestre. En fait, il claquait des dents, transi de froid. « J'ai atteint la terre promise. » Il était exténué, dans l'incapacité de mobiliser tous ses sens. Aussi, d'excitation, il n'y en eu pas, tant le succès a été acquis au prix fort : le corps ne répondait plus que partiellement aux ordres du cerveau ; son enveloppe charnelle comportait un lot impressionnant d'ecchymoses ; de la chair nécrosée de ses ampoules suintait un liquide qui n'avait pas eu le temps de sécher. Une loque déshumanisée, effrayante et repoussante vision. Il eut encore un instant de lucidité avant de s'évanouir : « Quelque chose en moi était mort, maintenant c'est toute la charpente. Le compte à rebours est enclenché. J'ai franchi le point de non-retour. »

10

Julien ne resta pas longtemps étourdi. Il se releva et resta assis, jouissant partiellement du panorama merveilleux sur la vallée de Chandefour, dans le Puy-de-Dôme. Son état général ne lui permettait pas d'en profiter aussi pleinement qu'il l'aurait souhaité. Cependant, il garde assez de présence d'esprit pour chercher le bon endroit où s'installer, en scrutant difficilement le paysage aux alentours. Il se trouvait à la limite de l'étage alpin, dans un espace de pelouses qui ne convenait pas comme cachette. Il n'eut pas à descendre bien longtemps avant de trouver un gros rocher protégé par un bouleau au beau feuillage. Une position idéale, à l'écart des sentiers de randonnée, où il pouvait voir sans être vu. Une place qu'il ne quittera plus. Contempler à sa guise, à partir de son observatoire improvisé, la belle réserve naturelle auvergnate. De son nid d'aigle, il dominait une grande partie de l'amphithéâtre situé en contrebas, fruit de l'érosion massive des derniers millénaires. En dépit de sens émoussés, il appréciait les vestiges de l'ancienne activité volcanique, mais il doutait apercevoir un lièvre, un écureuil ou chamois. Adossé à la paroi, il regrettait de ne pouvoir contempler la couleur bleue des campanules, ou sentir l'odeur balsamique des millepertuis jaunes. Le jaune, devenu sa couleur de référence.

Le choix de cet éden avait été cornélien car, du point de vue de Julien, tous les espaces naturels présentent des qualités paysagères, avec une flore et une faune à préserver. Pourtant, il a délaissé ses Alpes natales au profit d'une vue sur le Puy de Sancy et le Puy de Ferrand. Après avoir autant bourlingué dans le monde entier, avant de tirer sa révérence, il aspirait à la simplicité d'un lieu champêtre, le cadre bucolique dans lequel il aurait aimé vivre et travailler, s'il avait suivi ses envies, au lieu de répondre aux aspirations des autres. « Que la terre est belle, sans les hommes », pense Julien. Ceux qui l'entretiennent et la respectent lui rendent grâce pour ses bienfaits. La poussée urbaine grignote chaque jour le monde rural, dont la disparition est annoncée. Les hommes sont devenus fous : ils ont perdu leur simplicité pour entrer dans une décadence où la réussite matérielle est devenue le crédo commun, où l'amitié se mesure au nombre d' « amis » sur les comptes Facebook, ou le smartphone con-centre l'attention de tous les instants. Il ne prône pas le retour à la lampe à pétrole et au feu de bois, seulement à plus modération dans l'exploitation des ressources. Le monde court à sa perte et voir ce déclin le peine. Quel soulagement de quitter ce monde de honte et de regret.

*

Les jumelles traînent à côté du sac vide. Julien est incapable de tendre la main, encore moins de les régler pour trouver la bonne focale. Il est entré dans un état comateux qui ne lui permet plus d'ouvrir les yeux. Il ne voit pas les groupes de randonneurs arpentant les chemins balisés. Il ne les entend pas non plus. Un voile noir recouvre son paradis terrestre, à moins que cela soit sa tête. Il ne sait pas. Cependant, son cerveau continue de fonctionner, pris dans un bouillonnement intérieur proche du délire.

Le chagrin refait surface. Pour être juste, il n'a jamais disparu depuis janvier. Il gémit de manière inaudible. « Je ne mérite pas le Paradis, ni les Champs-Elysées. Je suis une victime expiatoire qui doit payer pour son orgueil impardonnable. S'éprendre d'une déesse bouscule les lois de la nature. Je suis condamné aux gémonies ou au Tartare. Chacun doit rester à sa place et les contrevenants sont châtiés impitoyablement. Si le contournement de l'endogamie sociale ou culturelle, ethnique ou religieuse, commence à faire son chemin, il n'en est pas de même pour les oppositions relatives à l'âge. Riche et pauvre, pas de problème. Noir et blanc, pas de problème. Chrétien et musulman, pas de problème. Vieux et jeune, jamais ! On rejette cette vision odieuse et malsaine. On montre du doigt les originaux qui sortent de la norme. Parfois, on les ostracise, même au sein du groupe familial. Pourquoi n'existe-t-il pas de baguette magique, un élixir quelconque afin de retrouver la jeunesse ? Faut-il se damner comme Faust ? Quel dommage. Il est trop tard. La bougie va bientôt s'éteindre. »

Le cerveau de Julien continue d'être le siège d'élucubrations, où tout s'entrechoque, sans ordre précis. Tout s'embrouille. « J'ai bien fait de venir ici. Je ne gêne personne, pas de regards chargés de pitié. J'accepte mon sort et ne condamne personne. Après avoir été effacé, je m'efface à mon tour. Je n'ai pas de haine. Je souhaite que quelqu'un l'aime avec la même passion et autant de ferveur. Je n'ai pas trouvé la paix. Je n'ai pas suivi les conseils d'Olivier, en m'imposant cette quatrième possibilité qu'il aurait réprouvé avec une grande vigueur. »

Un faible souffle d'air passe par les narines, à peine suffisant pour gonfler les poumons et relever la cage thoracique. Les lèvres desséchées, il se surprend à déclamer des vers bachiques d'Abu Nuwas. « *De sa main elle sert un vin et de sa bouche elle en sert un autre : qui échapperait à cette double ivresse ?* »

Une force plus puissante que l'amour prend alors possession de lui. Comme dans la fable, il appelle la mort. Elle n'a pas à venir, elle est déjà à ses côtés, la main tendue dans sa direction. Elle guette le moment propice pour faucher cette vie qui ne tient plus qu'à un fil. Au vu de son état lamentable, la lutte sera brève. Il n'y aura pas de possible négociation. A l'approche du trépas, tout le monde tente de reculer l'échéance. Julien ne demande pas de sursis. Il trouve encore la force de s'adresser à sa bien-aimée. « Sois heureuse. J'ai vu tes grandes qualités, mais j'ai aussi aperçu de la tristesse dans ton regard au cours du voyage, avant que tu te détournes de moi. J'ignore sa provenance. J'espère que tes beaux yeux échapperont à la peine et aux larmes. Je te supplie de trouver le bonheur. »

L'esprit atone réussit à capter encore quelques images fugaces où se mêlent Olivier, Sophie et son garçon. « Tu es là aussi, maman. C'est toi la plus belle. Pardonne-moi de ne pas avoir su te dire combien je t'aimais. »

Soudain, une personne de dos, floue au début, se matérialise. Une gracieuse apsara en sarong jaune, coiffée d'une tiare, comme il en avait déjà vu à Angkor sur des bas-reliefs. Elle semble danser en bougeant lentement ses mains. Enfin, elle se retourne, laissant voir une figure radieuse, avec un sourire éclatant. Julien sourit à son tour à Marilou.

*

Le peuple des animaux de la réserve organise une farandole autour du corps inerte, hommage à celui qui les aimait et les respectait. Des insectes aux mammifères, en passant par les reptiles, ils l'accompagnent un instant avant de disparaître. Dans les airs, un faucon pèlerin tournoie, libre.